KB212288

인간 실격

人間失格

人間失格（1948）
太宰治

인간 실격

人間失格

다자이 오사무 ― 오유리 옮김

문예출판사

일러두기

주석은 모두 옮긴이 주다.

원문에서 강조 표기된 단어는 볼드체로 표기했다.

외래어 및 외국어 표기는 국립국어원의 규정 용례를 따르되 일부 우리말에 널리 쓰이는 것은 관용을 따랐다.

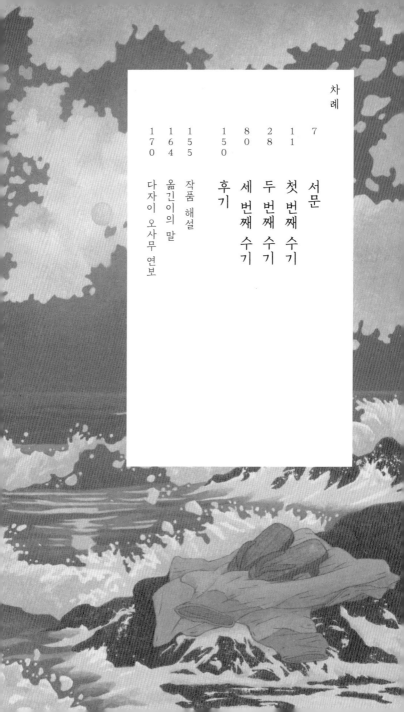

차례

서문

나는 그 남자의 사진 석 장을 본 적이 있다.

한 장은 그 남자의 어린 시절이라고 해야 할까, 열 살 전후로 추정되는 모습의 사진인데, 어린 꼬마가 여러 명의 여자에게 둘러싸여(그들은 그 꼬마의 누나들, 여동생, 친척들로 보인다) 정원에 있는 연못가에 거칠게 짠 하카마*를 입고 서서, 고개를 30도 정도 왼쪽으로 기울이고 보기 흉하게 웃고 있는 사진이다. 보기 흉하게? 하지만 약간 둔한 사람들(말하자면 아름다움과 추함에 별 관심이 없는 사람들)은 재밌다고도, 아니, 딱히 특별한 느낌을 받지 못할 무덤덤한 표정으로, 그저 "귀여운 아이네요" 하고 적당히 말할지 몰라도, 그 말이 그저 지나가는 인사치레로만은 들리지 않을 정도로, 보통 사

---

* 일본 남자들이 입는 주름 잡힌 바지

람들이 말하는 '귀여운' 구석이 이 꼬마의 웃는 얼굴에 전혀 없는 건 아니지만, 어쩌다가 남의 외모에 대해 이러쿵저러쿵해본 적이 있는 사람이라면, 한눈에 "아이고, 참 기분 나쁜 얼굴이네" 하고 불쾌감을 내뱉고는 송충이라도 털어낼 때처럼 팔을 휘둘러, 그 사진을 뿌리쳐버릴지 모르겠다.

정말이지 이 꼬마의 웃는 얼굴은 자세히 보면 볼수록 왠지 모르게 음침한 느낌이다. 아무리 봐도 이건 웃는 얼굴이 아니다. 이 아이는 전혀 웃고 있는 게 아니다. 내가 이렇게 말하는 근거는 양손 주먹을 꽉 움켜쥔 아이의 자세다. 인간이란 이렇게 두 주먹을 꽉 움켜쥐고서 웃을 수 있는 존재가 아니다. 원숭이다. 원숭이의 웃는 모습이다. 단지 얼굴에 보기 흉한 주름을 잡고 있는 것이다. '잔뜩 찡그린 꼬마'라고도 할 만한 실로 묘한, 부정 탄, 보는 이의 기분을 꺼림칙하게 만드는 표정의 사진. 나는 지금까지 이런 이상한 표정을 가진 꼬마는 한 번도 본 적이 없다.

두 번째 사진의 얼굴은 놀랄 만큼 변모한 모습이다. 학생의 모습이다. 고등학교 때의 사진인지, 대학생 시절의 사진인지 분명치는 않지만, 아무튼 못 알아볼 정도로 변모한 모습이다. 하지만 이것 또한 이상하게도 살아 있는 사람으로는 보이지 않는다. 교복을 입었는데 상의 주머니 밖으로 흰 손수건을 약간 빼내고 등나무 의자에 다리를 꼬고 앉아서, 그리고 이번에도 웃고 있다. 이번 사진의 웃는 얼굴은 찡그린 원숭이의 웃음이 아니라 아주 세련된 미소이긴 한데, 그것이 인간의 미소와는 어딘지 모르게 다르다. 피의 무게랄까, 인생의 쓴맛을 맛보았다고 할까, 그런 살아 있는 인간에게서 받는 충실감은 전혀 없는데, 그렇다고 새 같지도 않은 것이 깃털처럼 가볍고, 그저 백지 한 장 같은 느낌, 그런데 웃고 있다. 간단히 말해서 하나부터 열까지 만들어진 장식품 같은 느낌이다. 계산된 표정이라고 표현하기엔 모자라다. 경박스럽다고 표현하기에도 모자란 감이 있다. 사내답지 않게 간들거린다고 하기에도 충분치 않다. 멋스럽다고 하기에도 역시 모자라다. 더구나 자세히 보면, 이 잘생긴 학생에게서도 어딘지 모르게 기괴하고 음침한 기운이 느껴진다. 나는 지금까지 이런 이상한 미모의 청년을 본 적이 한 번도 없다.

마지막 사진이 가장 기괴하다. 이번 사진은 아예 나이조차 가늠할 수 없다. 머리는 어느 정도 희끗희끗 센 듯하다. 그것이 아주 지저분한 방(벽이 세 군데 부서져 내린 것이 사진에 뚜렷이 찍혀 있다) 구석에서 작은 히바치*에 양손을 쬐며, 이번엔 웃고 있지 않다. 표정이 없다. 그저 앉아서 히바치에 양손을 내밀고 자연스럽게 죽어 있는 듯한, 너무나 꺼림칙하

---

* 도기나 목재, 금속으로 만든 일본 고유의 난방 기구

고 불길한 냄새를 풍기는 사진이다. 기괴한 것은 그것만이 아니다. 그 사진에는 비교적 얼굴이 크게 찍혀 있어서 그 얼굴을 자세히 살펴볼 수 있었는데, 이마는 평범하고 이마에 잡힌 주름도 평범하고 눈썹도 평범하고 눈도 코도 입도 턱도, 아아, 이 얼굴에는 표정이 없을 뿐만 아니라 인상이란 게 없다. 특징이 없단 말이다. 예를 들어 내가 이 사진을 본 다음 눈을 감는다. 내 머릿속에는 이미 그 얼굴이 없다. 방 벽이나 작은 히바치는 떠오르는데, 그 방에 앉아 있던 주인 공의 인상은 까맣게 지워져 아무리 애를 써도 생각이 나지 않는다. 그림이 되지 않는 얼굴이다. 만화로도, 무엇으로도 표현할 수 없는 얼굴이다. 다시 눈을 뜬다. 아하, 이런 얼굴이었나, 라는 탄식이 나올 만한 후련함조차 느낄 수 없다. 솔직히 말해, 눈을 뜨고 이 사진을 다시 들여다봐도 생각나지 않는 얼굴이다. 그리고 다시 한번 몰려오는 불쾌감, 가슴이 울렁거리는 초조함으로 끝내 눈길을 돌리고 싶어진다.

보통들 말하는 '죽을상'에도 어떤 표정이라든가 인상이 있게 마련인데, 인간의 몸뚱이에 짐수레 끄는 말의 목을 떼다 붙여놓으면 이런 느낌을 줄까, 아무튼 딱 어디라고 할 것도 없이 보는 이에게 불쾌한 기분이 들게 만드는 모습이다.

나는 지금까지 이런 이상한 남자 얼굴을 본 적은, 역시, 한 번도 없다.

첫 번째 수기

부끄러운 생애를 살아왔습니다.

내게는 인간의 생활이라는 것이 도무지 이해되지 않습니다. 나는 동북 지방의 시골에서 태어났기 때문에 꽤 성장하고 나서야 기차를 처음 보았습니다. 사람들이 오르내리는 정거장의 다리가 선로를 넘어가게 하려고 만든 것이라는 사실을 전혀 몰랐고, 단지 정거장의 구내를 외국의 서커스처럼 재밌고 보기 좋게 하기 위해 설치했다고만 생각했습니다. 그런 생각은 상당히 오랫동안 내 머릿속에 남아 있었습니다. 사람들이 정거장에 있는 다리를 오르내리는 것이 내겐 굉장히 세련된 재미였고, 철도 서비스 중에서도 가장 재치 있는 서비스라고 생각했는데, 나중에 그건 단지 승객들이 선로를 건너기 위한 실용적인 계단에 지나지 않는다는 사실을 알고는 곧 김이 샜지요.

또한 나는 어렸을 때 그림책에서 지하철이란 걸 보고 이

것 역시 실용적인 필요에서 고안된 게 아니라, 땅 위를 달리는 차보다 지하를 뚫고 달리는 차에 타는 편이 독특하고 재미있는 놀이라서 사람들이 그렇게 만들었다고만 생각했습니다.

나는 어릴 때부터 몸이 약해 자주 자리에 누워서 지내야 했으면서도 요나 베갯잇, 이불보를 불필요한 장식이라고 생각했는데, 그것이 아주 실용적인 물건이었다는 사실을 스무 살 가까이 돼서야 비로소 깨닫고 인간의 알뜰함에 감탄하면서 서글픈 생각이 들었습니다.

또한 나는 '배고픔'을 알지 못했습니다. 아니, 그건 내가 먹고사는 데에 걱정 없는 집에서 자랐다는 말이 아니라, 그런 유치한 뜻에서 한 말이 아니라, '배고프다'라는 감각이 어떤 건지 확실히 실감하지 못했다는 겁니다. 이상하게 들릴지는 모르겠지만 위장이 비어 있어도 스스로 그걸 느끼지 못했다는 말입니다. 초등학교, 중학교 때 학교에서 돌아오면 주위 사람들이, 자자, 배고프겠다, 나도 그랬으니까 말이야, 학교 갔다 돌아오면 얼마나 배가 고픈데, 콩버무리* 좀 먹을래? 카스텔라도 있고, 다른 빵도 있단다 하면서 법석을 떨어, 나는 몸에 밴 곰살맞은 애교를 발휘해서 아, 배

---

* 당밀에 조린 콩을 설탕에 버무린 과자

고프다, 한마디 하고 콩버무리를 열 알 정도 입에 털어 넣지만, 사실 배고픈 게 어떤 건지 실감하지는 못했습니다.

나 역시도 먹는다면 꽤 먹는 사람입니다만, 그러나 공복감에서 음식을 먹은 기억은 거의 없습니다. 신기해 보이는 것을 먹습니다. 화려해 보이는 것을 먹습니다. 그리고 다른 집에 갔을 때 주인이 내온 음식은 배가 부르다 싶어도 꾸역꾸역 먹습니다. 그런데 어린 시절 내게 가장 고통스러운 시간은, 사실 우리 가족의 식사 시간이었습니다.

우리 시골집에서는 열 명 정도 되는 식구들이 긴 상을 사이에 두고 두 줄로 마주 앉아 식사를 했습니다. 막내인 나는 언제나 가장 아랫자리에 앉았는데, 밥상이 놓인 방은 어둠침침했고 점심을 먹을 때는 열 명 되는 사람들이 아무 말 없이 밥만 먹어서 언제나 으스스 춥다는 생각마저 들었습니다. 게다가 시골에 사는 구식 가풍의 집이었기 때문에 먹을 것도 대개는 그 밥에 그 나물이어서, 신기한 것이나, 화려한 것, 그런 것은 꿈도 꾸기 어려웠지요. 그래서 내겐 식사 시간이 공포의 시간이었습니다. 나는 그 어둠침침한 방 끝자리에서 온몸에 냉기를 느끼며 밥을 먹는 둥 마는 둥 혼자 생각했습니다. 인간은 어째서 하루에 꼭 세 번씩 밥을 먹는 걸까. 정말 모두 엄숙한 얼굴로 밥을 먹는다. 이것도 일종의 의식 같은 것으로, 온 가족이 하루에 세 번씩 정해진 시간에 어둠침침한 방에 모여 앉아 나이 순서대로 밥그릇을 늘어놓고, 먹고 싶지 않아도 군말 없이 밥알을 씹으며, 고개를 숙이고 집안에 깃든 혼령에게 기도를 하기 위해 이러는 것은 아닐까. 이렇게 생각한 적도 있을 정도였습니다.

밥을 먹지 않으면 죽는다는 말은 내 귀에는 단지 듣기 싫은 협박으로밖에 들리지 않았습니다. 그러나 그런 미신은 (아직도 나는 완전히 미신이라고 생각하진 않지만) 내게 언제나 불안과 공포를 느끼게 했습니다. 인간은 밥을 먹지 않으면 죽기 때문에, 먹기 위해 일을 하고, 세 끼를 챙겨 먹어야 한다는 말만큼 난해하고 협박조로 들린 말은 없습니다.

그러니까 결국 내겐 인간의 생활이라는 것이 아직도 뭔지 알 수 없다는 말이 될 것 같습니다. 내가 생각하는 행복의 관념과 세상 사람들이 생각하는 행복이라는 관념이 서로 엇갈린 것 같다는 불안, 나는 그 불안감 때문에 밤마다 이리 뒹굴 저리 뒹굴 하며 신음했고, 발광할 뻔한 적도 있습니다. 도대체 나는 행복한 걸까요. 어릴 때부터 사람들에게 행운아라는 말을 자주 들어왔습니다만 언제나 사는 것이 지옥 같았고, 오히려 날 보고 행운아라고 말한 그 사람들이 나와는 비교할 수 없을 정도로 훨씬 편안해 보였습니다.

내게는 재앙 덩어리가 열 개 있는데, 그중 하나라도 주위 사람이 짊어지면 그것만으로도 충분히 그 사람의 생명을 앗아버리게 될 거라 생각한 적도 있습니다.

사실, 모르겠습니다. 주위 사람들이 무엇을 고통스러워하는지 난 전혀 짐작하지 못하겠습니다. 실제적인 고통, 단지 밥 먹고 살 수 있으면 그것으로 해결되는 고통, 하지만 그것이야말로 가장 심한 고통으로, 내가 가진 열 개의 재앙 덩어리쯤은 한 방에 날려버릴 수 있을 정도의 참혹한 아비규환 속의 고통일지도 모른다. 그것은, 모르겠다. 하지만 그렇더라도 스스로 목숨을 끊지 않고, 미쳐버리지 않고, 정당政黨을 논하며 절망하지 않고, 굴복하지 않고 하루하루 살아나가고, 고통스럽지 않은 거 아닌가? 완전히 이기주의자가 돼서, 게다가 그렇게 되어버린 걸 당연한 일로 받아들이고, 단한 번도 자신을 의심해본 적이 없는 건 아닌가? 그렇다면 됐다. 하지만 인간이란 존재는 모두 그러한 것이어서, 역시 그렇다면 문제가 없는 것 아닐까. 모르겠다. ……밤이 되면 푹 잠을 자고, 아침이 오면 개운해지는 걸까. 어떤 꿈들을 꾸며 살까. 길을 걸을 땐 무슨 생각을 할까. 돈? 설마 그것만은 아니겠지. 인간은 먹기 위해 산다는 이야기는 들은 적이 있는 것 같긴 하지만 돈을 위해 산다는 말은 들어본 적이 없다. 아니, 하지만 경우에 따라선, ……아니, 그것도 모르겠다. ……생각하면 할수록 내겐 점점 더 풀 수 없는 수수께끼가 된다. 꼬리에 꼬리를 물고 이런 생각을 하다 결국엔 나 혼자 완전히 돌아버릴 것 같은 불안과 공포에 휩싸이게 됩니다. 주위 사람들과 거의 대화가 불가능합니다. 무엇을 어떻게 이야기하면 좋을지 모르겠습니다.

그래서 생각해낸 것이 바로 '우스운 행동'입니다.

　그 행동은 내게 인간에 대한 마지막 구애입니다. 난 인간을 극도로 두려워하면서도 그렇다고 인간을 완전히 단념할 수는 없었던 모양입니다. 그러한 고로 이런 '우스운 행동'을 수단으로 인간과 가느다란 연결 고리를 이을 수 있었습니다. '우스운 행동'은, 겉으로는 언제나 웃는 얼굴을 하면서도 속으로는 천 번에 한 번 성공할까 말까 할 만큼 어려운 일이라는 걸 각오한, 땀 흘리며 보여주는 아슬아슬한 서비스였습니다.

　나는 어릴 때부터 우리 가족들조차, 그들이 얼마나 고민을 하고, 또 무슨 생각을 하면서 사는지 전혀 짐작하지 못했고, 단지 두려워했으며, 서먹하고 딱딱한 분위기를 모면하고자, 그 '우스운 행동'을 몸에 익혔던 것입니다. 그 결과 나는 언제부턴가 단 한마디도 본심을 말하지 않는 아이가 된 겁니다.

　그 당시 가족들과 함께 찍은 사진을 보면, 다른 사람들은 모두 자연스러운 얼굴을 하고 있는데 나 혼자만 이상하게 얼굴을 찡그리고 웃고 있지요. 이것 또한 내 '우스운 행동'에서 비롯된 유치하고 서글픈 결과입니다.

　또한 나는 부모님이나 형제들에게 핀잔을 들으면 뭐라고 한마디라도 말대꾸를 한 적이 없습니다. 그 대수롭지 않은 잔소리가 내겐 청천벽력과도 같이 큰 충격이었고, 미쳐버릴 것만 같아서 말대꾸는 언감생심, 그 잔소리야말로 천하에 둘도 없는 인간의 '진리'다, 내겐 그 진리를 행할 능력이 없으니, 인간과 함께 살 수 없는 거 아닌가라고까지 생각했습니다. 나 스스로 그리 생각했으니, 말대꾸도, 자기변명도 할 수 없었지요. 다른 사람에게 안 좋은 소리라도 들으면, 나는 나 자신이 그동안 어쩌면 그렇게도 잘못 생각하고 있었나 하는 생각이 들어, 언제나 타인의 공격을 잠자코 받아들이고, 속으로는 미쳐버릴 정도의 공포감을 느꼈습니다.

하긴 누구든 다른 사람에게 비난을 받거나 욕을 먹거나 해서 기분이 좋을 사람은 없겠지만, 나는 화를 내는 인간의 얼굴에서 사자보다, 도깨비보다, 용보다 훨씬 더 무서운 동물적 본성을 읽습니다. 인간들은 평소에 그런 본성을 숨기고 있는 듯합니다만, 어떤 기회에, 예를 들어 소가 초원에 편안히 누워 있다가 배에 붙은 등에를 순간적으로 꼬리를 휘둘러서 죽여버리는 것처럼, 불시에 인간의 무서운 정체를 '화'라는 형태로 폭발시키는 모습을 보면 언제나 머리카락이 쭈뼛할 정도로 전율을 느끼는데, 이 본성 또한 인간이 살아가는 데 필요한 조건의 하나일지도 모른다고 생각하면, 나 자신에게 절망을 느꼈습니다.

인간에게 언제나 공포를 느꼈으며, 한 인간으로서 나 자신의 언동에 전혀 자신을 갖지 못해서, 그래서 나의 고뇌는 가슴속 작은 상자 안에 깊숙이 숨겨두고 그 우울함, 초조함은 철저히 숨겨, 겉으로는 언제나 즐거운 낙천주의자로 가장하고, 해학적이고 유머러스한 괴짜로 차츰 나 자신을 완성해갔습니다.

무슨 짓이라도 좋으니 다른 사람을 웃길 수 있다면 좋겠다. 그러면 인간들은 내가 그들의 이른바 '생활'권 밖에 있어도 그다지 신경 쓰지 않게 되지 않을까. 아무튼 그 인간들의 눈에 거슬리면 안 된다. 나는 아무것도 아니다. 바람이다. 허공이다. 이런 생각으로 겉을 둘러싸고, '우스운 행동'으로 가족들에게 웃음을 주며, 나아가 우리 식구보다 더 알 수 없고 무서운 존재인, 하인들과 하녀에게까지 필사적으로 같은 서비스를 제공했습니다.

나는 여름에 유카타* 안에 빨간 털 스웨터를 입고 복도를 돌아다녀 식구들을 웃겼습니다. 웬만해선 웃지 않는 큰형도 그걸 보고 웃음을 터뜨리며 "야야, 요우, 영 어울리지 않잖냐" 하며 귀여워 죽겠다는 듯 말했습니다. 아니, 나라고 뭐 한여름에 털 스웨터를 입고 돌아다닐 정도로 춥고 더운 것도 구별 못하는 그런 이상한 사람은 아니지요. 누나의 빨간색 정강이 바지를 양팔에 끼고 유카타의 소매 밖으로 내놓고 다니니까 진짜 스웨터를 입은 것처럼 보였던 겁니다.

---

* 목욕 후나 여름에 입는 무명 홑겹 옷

우리 아버지는 도쿄에 볼일이 많은 분이었기 때문에 우에노 부근의 사쿠라기초에 별장을 갖고 있었고, 한 달의 대부분을 도쿄에 있는 그 별장에서 지내셨습니다. 그리고 돌아올 때에는 식구들과 친척들에게까지 선물을 푸짐하게 사가지고 오셨는데, 어쩌면 이것이 우리 아버지의 취미였는지도 모르겠습니다. 언젠가 도쿄에 가시기 전날 밤, 아버지는 우리 형제들을 전부 거실로 불러 모으시고, 이번에는 무슨 선물을 받고 싶으냐고 한 사람씩 묻고는 형제들의 대답을 일일이 수첩에 받아 적으셨습니다. 아버지가 이렇게 아이들과 다정하게 이야기하는 일은 자주 없습니다.

"요조는 뭘 받을래?"

아버지의 물음에 난 입을 다물어버렸습니다.

뭘 받고 싶냐고 물으면 난 그 즉시 아무것도 받고 싶지 않은 기분이 되어버립니다. 아무래도 좋아, 어차피 이 세상엔 날 즐겁게 해주는 것 따위 없어 하는 생각이 순간적으로 발동합니다. 그리고 난 남이 주는 물건은 아무리 내 취향에 맞지 않더라도 거절하지 못합니다. 싫은 것을 싫다고 말도 못하고, 또 좋은 것도 쭈뼛쭈뼛 도둑질하는 것처럼, 아주 달갑지 않게, 그리고 어찌 표현할 길 없는 공포감에 괴로워하며 받았습니다. 말하자면 내겐 양자택일의 능력조차 없었던 겁니다. 이런 성향은, 훗날까지 이어져 앞서 밝힌 '부끄러운 생애'를 보낸 중대한 원인의 하나였다고 생각합니다.

내가 잠자코 우물쭈물하자 아버지는 약간 언짢은 표정을 지으시며 말했습니다.

"이번에도 책이냐. 아사쿠사에 있는 나카미세에서 정월 사자놀이에 쓰는 사자탈을 말이야, 아이들이 쓰고 놀기에 적당한 크기로 만들어 팔던데 그거 갖고 싶지 않니?"

갖고 싶지 않냐고 질문을 받아도 당황하긴 마찬가집니다. 이럴 때는 '우스운 행동'으로 답례도, 뭐도 못하고 말이죠. 희극 배우로서는 완전히 낙제지요.

"책이 좋겠네요."

큰형은 침착한 얼굴로 나 대신 이렇게 말했습니다.

"그러냐."

아버지는 김이 샌 얼굴로 따로 적지도 않고 그냥 수첩을 덮었습니다.

이 무슨 낭패란 말인가. 난 지금 아버지를 화나게 만들었고, 아버지의 복수는 틀림없이 무시무시할 테니, 이제라도 어떻게든 무마할 수 없을까 하고, 그날 밤 이불속에서 덜덜 떨며 고민하다가, 조용히 일어나 거실로 나가서, 아버지가 좀 전에 수첩을 넣어둔 책상 서랍을 열고, 수첩을 끄집어내 펄럭펄럭 넘기며 선물 목록을 적어둔 페이지를 펴서, 수첩 사이에 끼여 있던 연필에 침을 발라 '사자놀이'라고 적어 넣었습니다. 사자놀이에 쓰는 사자탈을 갖고 싶었냐? 아니지요. 차라리 책을 받는 게 낫습니다. 하지만 아버지가 그 사자탈을 내게 사주고 싶어 한다는 걸 알아차렸고, 아버지의 의향을 따라 기분을 좀 살려드리고 싶다는 마음에, 한밤중 거실에 몰래 기어 들어가는 모험을 감행한 겁니다.

그리고 이런 나의 비상 수단은 과연 내 의도대로 대성공을 거둠으로써 보상받았습니다. 이윽고 아버지가 도쿄에서 돌아와서 어머니에게 큰 소리로 말씀하시는 걸 난 아이들 방에 있다 들었거든요.

"나카미세 장난감 가게에서 이 수첩을 열어봤더니, 이봐, 여기 사자놀이라고 쓰여 있잖아. 이건 내 글씨가 아니라구, 그렇지? 내가 가만 생각해보니 이건 요조 녀석이 장난친 거더라구. 그 녀석 내가 물어봤을 땐 샐샐 웃기만 하고 잠자코 있더니, 나중에 아무래도 그 사자탈이 받고 싶었던 게지. 아무튼 저 녀석은 좀 괴짜라니까. 모르는 척하고 이렇게 은근슬쩍 써놨잖아. 그렇게 받고 싶었으면 그리 말하면 될 걸 말이야. 장난감 가게 앞에 서서 얼마나 웃었는지. 빨리 요조 좀 불러오시게."

그리고 어느 날은 하인과 하녀들을 서양식 방에 모아 두고, 하인에게 아무렇게나 피아노를 치라 하고는(시골이긴 하지만 그 집에는 웬만한 물건을 모두 갖추고 있었습니다) 그 엉터리 가락에 맞춰 인디언 춤을 춰서 집안사람들 모두를 박장대소하게 만들었습니다. 둘째 형은 사진기의 플래시를 터뜨려가며 내가 춤추는 모습을 찍었는데, 나중에 사진이 나온 걸

봤더니 내가 춤출 때 허리에 둘렀던 천(그건 사라사 천 보자기였습니다) 사이로 작은 고추가 살짝 비쳐 다시 한번 식구들을 웃어 넘어가게 했습니다. 내겐 이 역시 예상치 못한 성공이라고 할 만한 것인지도 모르겠습니다.

나는 달마다 새로 나온 잡지를 열 권 이상이나 구독하고 있었는데, 그 외에도 다양한 책을 도쿄에서 구해와 읽었기 때문에 다른 사람들에게 만물박사라든가, 두루두루 박사라 불리기도 했고, 그뿐만 아니라 괴담이나 설화, 만담, 짧은 우스개 등도 두루 알고 있는 데다 우스운 이야기를 심각한 얼굴로 얘기해서 집안사람들을 웃기기에 충분했습니다.

하지만 아아, 학교!

나는 그곳에서 거의 존경받는 수준이었습니다. 존경받는다는 관념 또한 나를 상당히 두렵게 만들었지만요. 거의 완벽에 가깝게 인간을 속이다가 전지전능한 자에게 간파되어 산산조각 나고, 죽기보다 더한 수치심을 느끼게 되는 것, 그것이 '존경받는다'는 상태에 대해 내가 내린 정의입니다. 인간을 속이면서 '존경'받아도 누군가 한 사람은 알고 있다, 그리고 인간들도 마침내 그의 입을 통해 자신들이 속았다는 것을 알게 됐을 때, 그 순간 타오르는 분노, 복수는 도대체 얼마나 대단한 것일까요. 상상만 해도 온몸의 털이 곤두서는 느낌입니다.

나는 부잣집에서 태어났다는 사실보다 속된 표현으로

'운 좋게 들어맞는 일'들 덕분에 학교에서 존경을 받게 됐습니다. 어릴 때부터 병치레가 잦아서 한 달이나 두 달, 어쩔 때는 한 학년 전체를 집에서 누워 지내야 해서 휴학한 일도 있었습니다만, 그래도 겨우 몸을 추슬러서 인력거를 타고 학교에 나가 기말시험을 보면 같은 반 누구보다 성적이 우수했습니다. 건강할 때도 난 전혀 공부하지 않고 수업 시간에 만화를 그려 쉬는 시간엔 반 아이들에게 보여주며 이야기를 덧붙여 모두를 즐겁게 했습니다. 또 작문 시간에는 해학적인 이야기만 써서 선생님에게 주의를 듣곤 했는데, 그렇다고 그만두진 않았습니다. 사실 내가 만들어내는 그 우스운 이야기를 선생님도 은근히 기대하고 있다는 걸 알고 있었기 때문이죠. 어느 날 어머니의 손을 잡고 도쿄로 가는 기차 안에서 가래침받이통에다 오줌을 눈 황당한 사건(하지만 그때 가래침받이통이라는 걸 모르고 한 일이 아닙니다. 어린아이의 천진함을 가장해서 일부러 그런 짓을 한 거죠)을, 언제나 그랬듯이 일부러 구슬프게 써서 제출했는데, 분명히 선생님을 웃게 할 거라는 자신이 있었기 때문에 교무실로 걸어가는 선생님의 뒤를 몰래 따라가보았지요. 선생님은 교실 문을 나서자마자 내가 쓴 글을 다른 아이들이 낸 작문들 사이에서 꺼내 읽기 시작하더니, 이내 킥킥 웃음을 터뜨리고 교무실에 앉아 끝까지 다 읽었는지 얼굴이 시뻘게지도록 껄껄 소리 내며 웃어서, 다른 선생님들까지 읽는 광경을 보고 나는 아주 만족스러웠습니다.

귀여운 악동.

나는 남들이 말하는 악동으로 보이는 데에 성공했습니다. 존경받는 일에서 벗어나는 데 성공한 겁니다. 성적표에는 모든 과목이 10점 만점이었는데, 품행만큼은 7점일 때도 있었고 6점일 때도 있어서 그것조차 집안사람들에겐 웃음거리가 됐죠.

하지만 내 본성은 보통 악동과는 거리가 멀었습니다. 그당시 이미 나는 식모와 하인들에게 슬픈 일을 배웠고 강간당한 적이 있습니다. 어린 꼬마를 상대로 그런 일을 하는건 인간이 범할 수 있는 범죄 중에서도 가장 악질적인, 잔혹한 범죄라고 생각합니다. 하지만 난 참았습니다. 이런 경험에서 나는 또 한 가지 인간의 속성을 발견했다고 생각했고, 그러곤 힘없이 웃음을 흘렸습니다. 사실을 있는 그대로말하는 습관을 지니고 있었다면 그들의 범죄를 부모님께고해바쳤을지도 모르지만 나는 부모님도 완전히 알지 못했습니다. 인간에게 호소한다. 나는 그런 소통 수단에는 아무것도 기대할 수 없었습니다. 아버지께 말을 해도, 어머니께 일러도, 주위 사람들에게 청해봐도, 정부에 탄원해도, 결국엔 남의 얘기 좋아하는 사람의 화젯거리로 널리 퍼져나가지 않을까.

틀림없이 편파적인 부분이 있을 건 뻔한데, 결국 인간에게 호소하는 건 소용없는 짓이다, 내겐 사실을 입 밖에 내지 않고 가슴속에 묻어둔 채 다시 '우스운 행동'을 계속해 나가는 것 외엔 달리 길이 없었습니다.

뭐야, 인간에 대한 불신을 말하는 거야? 얼씨구, 네 녀석이 언제부터 그렇게 기독교 신자가 됐단 말이야? 이런 식으로 조롱하는 사람도 있을지 모르지만 전 인간에 대한 불신이 반드시 구도자의 몫이라고만은 생각하지 않습니다. 지금 나를 조롱하는 사람까지 포함해서 모든 인간은 **서로의 불신 속에서** 야훼도 뭐도 염두에 두지 않고 태연히 살고 있지 않습니까? 이 이야기 역시 내 어린 시절 일입니다만, 아버지가 속해 있던 어느 정당의 유력한 정치 인사가 어느 날 우리 마을에 연설을 하러 와서, 나는 하인들을 따라 극장에 갔습니다. 극장 안은 발 디딜 틈 없이 사람들로 꽉 차 있었는데 특히 아버지와 친분이 있는 사람들은 모두 참석해 박수를 치고 있었습니다. 연설이 끝나고 청중은 눈 덮인 밤길을 삼삼오오 짝지어 집으로 돌아가는데, 뒤에서 듣자니 그날 밤 연설회에 대해 심한 욕들을 해대는 것이었습니다. 개중에는 아버지와 아주 친한 사람의 목소리도 섞여 있었고 말이죠. 아버지가 하신 개회사도 형편없었다는 둥, 기껏 와서 연설이라고 한 그 사람은 도대체 무슨 소릴 했는지 통 알아들을 수도 없었다는 둥 하면서, 이른바 아버지의 '동지'라는 사람들이 성난 목소리로 떠들어댔습니다. 그리고 나서 그 사람들은 우리 집 앞에 서더니 거실로 들어가 아버지에게 오늘 밤 연설회는 대성공이었다고 진심으로 감동한 듯한 얼굴로 말했습니다. 어머니께서 하인들에게 오늘 밤 연설회는 어땠느냐고 묻자 이번엔 하인들까지 아주 재밌었다고 뻔뻔하게 떠벌렸습니다. 돌아오는 길에 연설회보다 더 지루한 건 이 세상에 또 없다고 불평하던 그들이 말이죠.

하지만 이 정도는 대단치 않은 일입니다. 서로가 서로를 속이고 믿을 수 없지만, 그러면서도 어느 쪽도 어떤 상처도 남기지 않아 겉으로는 전혀 표가 나지 않고 서로 속이고 있다는 사실조차 깨닫지 못하는, 기막히게 완벽한, 그야말로 결백하고 명랑한 불신의 사례들이 인간 생활에 가득 차 있다고 생각합니다. 하지만 나는 인간들이 서로 속이는 일에 별 흥미를 느끼지 않습니다. 그렇게 따지면 나야말로 아침부터 밤까지 '우스운 행동'으로 사람들을 속이고 있으니까요. 나는 윤리 교과서에나 나올 법한, 정의라나 뭐라나 하는 도덕에는 별 관심이 없습니다. 내겐 서로 속이면서도 **결백하고 명랑하게** 살고 있는, 혹은 그렇게 살 수 있다고 자신하는 듯 보이는 인간들 자체가 풀리지 않는 수수께끼입니다. 사람들은 끝내 내게 그 묘책을 가르쳐주지 않았습니다. 그 방법만 알았더라면, 난 인간들을 이렇게 두려워하고 또 필사적인 '서비스'를 하는 일 없이도 살 수 있었겠죠. 인간 생활과 대립해서 밤마다 지옥 같은 고통을 느끼지 않고도 지닐 수 있었겠죠. 다시 말해서 내가 하인과 식모의 지탄받아 마땅한 범죄조차 아무에게도 말하지 않았던 것은, 인간에 대한 불신이나 기독교의 영향 때문도 아니고 인간들이 '요조'라고 부르는 나에게 믿음의 문을 단단히 닫아걸고 있었기 때문이라고 생각합니다. 부모님조차 내겐 알 수 없는 존재로 보이는 경우가 때때로 있었으니까요.

그리고 그 누구에게도 털어놓을 수 없는 나의 고독한 냄새를 많은 여자가 본능적으로 맡고 꼬여 들어, 훗날 이것이 내가 휘말리게 되는 여러 사건의 원인 중 하나가 됐다는 생각이 듭니다.

다시 말해서 나는 여자들에게 사랑의 비밀을 지켜줄 수 있는 남자였다는 말입니다.

두 번째 수기

파도가 밀려드는 곳이라고 해도 좋을 만큼 바다에서 아주 가까운 곳에 몸뚱이가 새까맣고 꽤 키가 큰 산벚나무가 스무 그루 이상 줄지어 서 있는데, 새 학기가 시작되면 산벚나무는 몸뚱이에 착 달라붙어 있는 듯한 갈색의 여린 잎과 함께 푸른 바다를 배경으로 해서 그 눈부신 꽃잎을 터뜨렸습니다. 마침내 꽃잎이 눈송이처럼 흩날릴 때는 드넓은 바다 위를 꽃잎들이 뒤덮어 매끈한 이불 위에 수놓은 꽃처럼 떠 있다가 파도에 실려 다시금 뭍으로 밀려 돌아옵니다. 그 벚꽃 바닷가를 그대로 학교 운동장으로 쓰는 동북 지방의 어느 중학교에, 나는 입학시험 공부도 제대로 하지 않았는데 무사히 들어갈 수 있었습니다. 그 학교 모자에 다는 배지에도, 교복의 단추에도 벚꽃이 새겨져 있었습니다.

그 중학교 근처에 먼 친척뻘 되는 사람이 살았기 때문에, 그것도 하나의 이유가 되어 아버지가 바다와 벚꽃으로 둘러싸인 그 중학교를 골라준 것이었습니다. 나는 친척 집에 머물렀는데, 학교가 아주 가까워서 조례 시간을 알리는 종이 울리는 소리를 듣고서야 문밖을 나서 교실로 뛰어 들어가는, 말하자면 아주 게으른 중학생이었는데 그래도 나의 그 '우스운 행동' 덕분에 반에서는 인기가 좋았습니다.

태어나서 처음으로 이른바 타향으로 떠나온 거지만, 내겐 그곳이 고향보다 훨씬 편안하게 여겨졌습니다. 그건 나의 '우스운 행동'도 그때쯤 아주 자연스럽게 몸에 배어 사람을 속이는 데 그전처럼 애쓸 필요가 없었기 때문이라고 이유를 댈 수도 있겠지만, 그보다는 부모 형제와 남, 고향과 타향, 그 사이에는 극복할 수 없는 연기의 난이도 차이가, 제아무리 천재라 하더라도, 신의 아들 예수라 하더라도 극복할 수 없는 난이도 차이가 존재하기 때문이 아닐까요. 배우들이 가장 연기하기 어려운 장소는 고향에 있는 극장이고, 더구나 자신의 친인척이 모두 모여 앉아 있는 방에서는 아무리 뛰어난 배우라 해도 다른 사람들 앞에서처럼 천연덕스럽게 연기하기가 쉽진 않겠죠. 그럼에도 난 연기를 해왔습니다. 그것도 대단히 성공적으로 말이죠. 몸에 밴 내 연기가 타향에 나왔다고 해서 만에 하나라도 실수를 하는 일 따위 없었습니다.

나의 대인공포증은 이전에 비해 더했으면 더했지 조금도 나아지지 않고 가슴속 깊은 곳에서 격렬히 움직이고 있었지만, 연기는 날로 능수능란해져 교실에 있으면 언제나 반 아이들을 웃겼기 때문에, 선생님들도 입으로는 "이 반은 오바*만 없으면 아주 얌전한 반인데 말이야" 하고 말하면서도 손으로 입을 가리고 웃고 있었습니다. 나는 천둥처럼 큰 소리를 치는 배속 장교조차도 아주 간단히 껄껄 웃게 만들 수 있었습니다.

이젠 내 정체를 완전히 은폐하는 데 성공했다고 안심하려던 순간, 등 뒤에서 정말 예상치도 못한 일격이 날아왔습니다. 그건, 등 뒤에서 일격을 날리는 대다수 남자들과 다르지 않은, 반에서도 제일 왜소한 몸집에 얼굴은 푸르뎅뎅하고 분명히 아버지의 옛날 옷을 빌려 입은 듯, 쇼토쿠 황태자**의 옷처럼 소매가 긴 윗도리를 입고 성적은 형편없었으며 교련이나 체육 시간에는 언제나 참가하지 않고 열외로 앉아 있던 바보 같은 아이가 날린 한 방이었습니다. 나 자신도 사실은 그런 아이까지 경계할 필요가 있다고 생각하지는 못했습니다.

그날 체육 시간에 그 아이(성은 기억나지 않지만 이름은 다케이치였다고 기억합니다) 다케이치는 언제나 그랬듯이 구경만 했

---

* 요조의 성씨
** 6세기 말 야마토 정권에서 권력을 쥐었던 섭정. 불교를 장려해 사후에 부처로 추앙받았다.

고 우리는 철봉 연습을 했습니다. 나는 일부러 최대한 엄숙한 표정을 하고 철봉을 향해 "야잇!" 기합 소리와 함께 공중으로 날았다가 멀리뛰기를 할 때처럼, 모래판 위에 풀썩 엉덩방아를 찧으며 떨어졌습니다. 모두 일부러 꾸민 실수였습니다. 내 의도대로 과연 반 아이들은 모두 큰 소리로 웃었고 나도 무안한 척 미소를 지으며 모래판에서 일어나 바지를 털었는데, 언제 거기까지 다가왔는지 다케이치가 내 뒤를 따라와 낮은 목소리로 속삭였습니다.

"일부러 그런 거야, 일부러."

순간 온몸이 부들부들 떨렸습니다. 일부러 실수했다는 사실을, 다른 사람도 아니고 별 볼 일 없는 아이 다케이치에게 들킨다는 건, 꿈에도 몰랐던 일이었습니다. 나는 그 순간 온 세상이 지옥의 화염에 휩싸이는 광경을 목격한 듯한 심정이 되어 아악! 하고 비명이 터져 나오려는 것을 필사적으로 참았습니다.

그 후로 지속된 불안과 공포의 나날들.

겉으로는 변함없이 처량 맞은 '우스운 행동'을 해서 반 아이들을 웃겼지만 문득문득 나도 모르게 무거운 한숨이 새어 나오고 내가 무슨 짓을 해도 다케이치는 내 의도를 속속들이 꿰뚫어 보고, 곧 누구에게라고 할 것 없이 나에 대해 자기가 알아차린 것을 말하고 돌아다닐 게 분명하다고 생각하니, 이마에선 기름땀이 찐득찐득 배어 나오고 마치 광인처럼 초점 없는 눈으로 주위를 두리번거리게 됐습니다. 가능하면 아침, 점심, 저녁, 24시간 내내 다케이치 옆에 붙어서 그가 비밀을 입 밖에 내지 않도록 감시하고픈 심정이었습니다. 그리고 내가 그에게 얽매여 있는 동안, 내가 남을 웃기는 일은 그가 말한 것처럼 '일부러' 그러는 게 아니라 진심이었다고 생각을 바꾸게끔 최대한의 노력을 기울여 혹시 일이 잘되면 그와는 둘도 없는 친한 친구가 돼버리자, 만약 그 일이 모두 불가능하다면 그땐 그가 죽기를 기도하는 수밖에 없다는 생각까지 하게 되었습니다. 그러나 사실 그를 죽일 생각은 하지 않았습니다. 난 지금까지 살면서 다른 사람이 나를 죽여주면 좋겠다는 생각은 수도 없이 했지만, 내가 남을 죽이고 싶다고 생각한 적은 한 번도 없었습니다. 그건 날 두렵게 만든 상대에게 오히려 행복을 안겨주는 일일 뿐이라고 생각했기 때문입니다.

나는 그를 내 편으로 끌어들이기 위해 우선 얼굴에 사이비 기독교인 같은 '상냥한' 미소를 띠고 고개를 30도 정도 왼쪽으로 기울여 그의 좁은 어깨를 가볍게 감싸 안고는 온화하고 달콤한 목소리로 내가 묵고 있던 집으로 놀러 오라고 자주 유혹했지만, 그때마다 그는 멍한 눈빛으로 쳐다보기만 할 뿐, 아무런 대꾸도 하지 않았습니다. 하지만 어느날 방과 후에, 아니 그건 확실히 초여름의 일이었습니다. 소나기가 세차게 내려 아이들이 하굣길에 우왕좌왕했지만 나는 집이 엎어지면 코 닿을 거리에 있었기 때문에 아무렇지 않게 뛰어가다가, 순간적으로 신발장 옆에 다케이치가 우두커니 서 있는 걸 발견하고, 가자, 우산 빌려줄게 하며 망설이는 다케이치의 손을 잡아끌고, 함께 빗속을 달려 집에 도착해서는, 아주머니에게 두 사람의 웃옷을 말려 달라 부탁하고, 그를 2층 내 방으로 유인하는 데 성공했습니다.

그 집에는 50대인 아주머니와 서른 살 정도로, 안경을 끼고 키만 멀쑥하게 큰 환자 같은 딸(이 딸은 한 번 시집을 갔다가 다시 집으로 들어온 사람이었습니다. 나는 이 사람을 이 집 식구들이 부르는 대로 아네사라고 불렀습니다)과 그 언니와는 달리 키가 작고 얼굴이 둥근, (최근에 여학교를 막 졸업한) 셋짱이라는 여동생, 이렇게 세 식구가 살았는데, 아래층 가게에서는 문구용품이나 운동용품 몇 가지를 진열해놓았지만, 이 집의 주된 수입은 돌아가신 아저씨가 지은 대여섯 동이나 되는 건물에서 나오는 셋돈인 것 같았습니다.

"귀가 아파."

다케이치는 방 안에 선 채로 이렇게 말했습니다.

"비를 맞아서 그런 거야."

자세히 보니 양쪽 귀에 염증이 심했습니다. 지금이라도 고름이 귀 밖으로 흘러나올 것 같았습니다.

"우와, 이거 안 되겠다. 너무 아프겠어."

나는 깜짝 놀란 척하며 "억지로 빗속을 뛰자고 잡아끌어서 미안해" 하고 여자아이처럼 '상냥하게' 사과하고, 아래층으로 내려가 면봉과 알코올을 가져와서, 다케이치를 내 무릎을 베고 눕게 하고는 정성스레 귓속을 소독해주었습니다. 다케이치도 이런 나의 행동이 위선적인 계략이란 걸 알아차리지 못한 듯 "넌 이다음에 꼭 여자들을 홀릴 거야"라고 내 앞에 누워서 아무 생각 없이 인사랍시고 말할 정도였습니다.

그러나 이것은 아마 다케이치도, 내 의도를 최초로 간파한 그 다케이치도 의식하지 못했을 정도로 무시무시한 악마의 예언이었다는 걸, 나는 나중에야 절실히 깨달았습니다. 홀린다든가, 홀리게 만든다는 말은 아주 질이 낮고, 정말이지, 괜히 우쭐한 기분이 들게 만드는 말로, 아무리 엄숙한 자리에서라도 이 말이 잠깐이라도 언급되면, 곧바로 우수에 찬 사원寺院은 무너지고, 머릿속이 텅 빈 멍청이가 되어버리는 느낌이 들지만, 홀리게 만드는 고통, 그런 속된 표현이 아니라, (타인이) 나를 사랑하게 만드는 데서 오는 불안이라는 문학적 표현을 빌리면, 필요 이상으로 우울한 사원을 사정없이 무너뜨려버리지는 않는 것 같아, 묘하다는 느낌이 듭니다.

다케이치의 귓속 염증을 소독해줘서 그가 '너는 여자들을 홀릴 것'이라는 바보 같은 말을 답례랍시고 했을 때, 나는 그저 얼굴에 홍조를 띠고 웃기만 했지 아무 대꾸도 하지 않았는데, 사실 어렴풋이 머릿속에 짚이는 부분이 있긴 있습니다. 하지만 '홀린다'는 저속한 표현을 들었을 때 드는 기분에 대해(남들이 그때의 나를 보고 그리 말한다면) 짚이는 게 있다고 쓰는 것은 거의 만담 속 부잣집 도련님의 대사 한 줄도 되지 못할 정도의 어쭙잖은 감회를 나타내는 표현으로, 나는 절대 그런 우습고 되지 못하게 우쭐한 기분으로 '짚이는 데가 있다'고 말한 건 아닙니다.

내게는 남자보다 여자가 몇 배나 더 이해하기 어려운 존재였습니다. 가족 중에는 여자의 수가 남자보다 많고, 또 친척 중에도 여자들이 많았으며, 그 외에도 앞서 말한 그 '범죄'를 저지른 식모들도 있었기 때문에, 나는 어릴 때부터 여자들하고만 놀며 자랐다고 해도 지나친 말은 아니라고 생각합니다만, 그땐 사실 살얼음을 밟는 기분으로 그 여자들과 어울렸습니다. 당시 나는 그 사람들이 어떤 존재인지 짐작할 수 없었습니다. 도대체 속을 알 수 없는 존재들이라 때로는 호랑이의 꼬리를 밟는 실수를 하고 큰 수모를 당했는데, 그 수모의 정도가, 또, 남자들에게서 받는 채찍질과는 달리, 예를 들면, 내출혈같이 극도로 불쾌하게 내부로 파고들어 좀처럼 치유가 되지 않는 상처였습니다.

여자는 곁에 다가왔다가는 뿌리친다, 때로 여자는 다른 사람이 있는 자리에서는 나를 깔보고 매정하게 대하고 아무도 없을 때는 꽉 끌어안는다, 여자는 죽은 듯이 깊이 잠든다, 여자는 잠자기 위해 사는 건 아닐까. 그 외에도 여자에 대한 다양한 관찰을 나는 이미 어릴 적부터 해왔는데, 같은 인간이면서도 남자와는 완전히 다른 종의 생물이라는 느낌이 듭니다. 그리고 또한 이 불가해하고 방심할 수 없는 생물들은, 이상하게도 나를 돌보아줍니다. '홀린다' 따위의 말, 또는 '좋아하게 만들다'라는 말은 모두 내 경우에는 조금도 어울리지 않고, '보살핌을 받다'라고 하는 편이 그나마 실상을 적당히 대변해주는 것 같습니다.

여자는 나의 '우스운 행동'에 남자보다 훨씬 너그러운 듯 보입니다. 내가 '우스운 행동'으로 연기를 해도 남자들은 언제나 그때마다 껄껄대고 웃는 건 아니기 때문에, 나도 그런 남자들의 속성에 맞춰서 너무 지나치게 행동하지 않고 적당한 선을 지키며 신경 씁니다. 그런데 여자는 적당한 선을 모르고 계속해서 내게 그 '우스운 행동'을 해보라고 요구해, 나는 그 끊임없는 앙코르에 응하느라 녹초가 되곤 했습니다. 정말이지 잘 웃습니다. 정말이지 여자는 남자보다 쾌락을 흘러넘치도록 향유할 수가 있는 존재 같습니다.

내가 중학교 때 신세를 진 그 집의 언니나 여동생도 틈만 나면 2층 내 방으로 찾아왔는데, 그때마다 나는 공중으로 튀어 오를 정도로 화들짝 놀라서, 그리고 사실은 너무나 무서워서 "공부해?" 하고 물으면 "아니" 하고 엷은 미소를 지으며 책을 덮고 "오늘 말이야, 학교에서 막대기라는 지리 선생님이" 하고 입에서 마음에도 없는 '우스갯소리'를 술술

36

쏟아냈습니다.

"요우, 안경 한번 써봐."

어느 날 밤 여동생 셋짱이 아네사와 함께 내 방에 놀러 와서 끝도 없이 '우스운 행동'을 연기하게 만든 끝에 그런 말을 했습니다.

"왜?"

"재밌을 거야, 한번 써봐. 아네사한테 안경 빌려. 어서."

언제나 이렇게 난폭한 명령조로 말합니다. '우스운 행동'의 달인은 시키는 대로 아네사의 안경을 썼습니다. 그러자 두 사람은 큰 소리로 깔깔 웃어댔습니다.

"똑같애, 로이드*랑 똑같애."

당시 해럴드 로이드라는 외국 배우가 일본에서 아주 인기였습니다. 나는 그대로 서서 한 손을 쳐들고 "여러분!" 하고 운을 떼고는 "이번에 일본 팬 여러분들에게……" 하며 일장 연설을 흉내 내 자매들을 까무러칠 듯이 웃게 만들었는데, 그 후 난 로이드의 영화를 마을 극장에서 상영할 때마다 보러 가서 몰래 그의 표정과 손짓을 잘 봐두었습니다.

또 어느 가을밤에는, 누워서 책을 읽고 있는데 아네사가 새처럼 소리도 없이 내 방으로 들어와, 갑자기 이불 위에

---

* Harold Clayton Lloyd(1893~1971), 미국의 유명 희극 배우

엎어져 울기 시작했습니다. 그러다가 "요우가 날 도와줘야
해. 그럴 거지. 같이 이 집을 나가자. 그러는 게 좋아. 도와
줘, 날 좀 도와줘"하고 밑도 끝도 없는 말을 쏟아내더니 다
시 우는 것이었습니다. 하지만 내 앞에서 여자들이 이런 모
습을 보이는 것이 처음은 아니었기 때문에, 아네사의 격한
말에 놀라지 않았고, 오히려 그 진부하고 아무 내용도 없는
푸념에 김이 새버려, 자리를 털고 일어나 책상 위에 있던 감
을 까서 한쪽을 잘라 아네사에게 건넸습니다. 그랬더니 아
네사는 훌쩍거리면서도 그 감을 먹고 "뭐 재밌는 책 좀 없
니? 좀 빌려줄래?" 하는 것이었습니다. 난 소세키가 쓴《나
는 고양이로소이다》를 책꽂이에서 꺼내주었습니다.

"잘 먹었어."

아네사는 쑥스러운 듯 살짝 웃어 보이며 방에서 나갔는
데, 내게 아네사뿐만 아니라 여자라는 존재가 도대체 무슨
생각을 하며 사는지 생각하는 것은, 마치 지렁이가 무슨 생
각을 하는지 살피는 것보다 더 복잡하고 골치 아파서, 섬뜩
한 느낌마저 듭니다. 다만 여자가 그렇게 갑자기 울음을 터
뜨리는 경우에 뭔가 달콤한 것을 주면, 그걸 먹고 기분을
좀 가라앉히더라 하는 것만큼은 어릴 적부터 봐온 경험으
로 알고 있었습니다.

또 여동생 셋쨍은 자기 친구들까지 내 방에 데리고 들어
와서 내가 매일 하듯이 모두를 똑같이 웃게 만들고, 그러

다가 친구들이 돌아가면 꼭 그 아이들의 험담을 합니다. 언제나 '그 아인 불량소녀니까 조심해야 한다'고 똑같은 말을 했습니다. 그렇다면 집에까지 데리고 오지 않으면 될 것을, 실제로 내 방을 여자 손님으로 꽉 채우는 장본인은 바로 셋 짱이었습니다.

하지만 그것은 다케이치가 답례랍시고 한 '홀린다'는 말을 실현하기에는 한참 모자란 일이지요. 그 당시까지 난 일본 동북 지방의 해럴드 로이드에 불과했습니다. 다케이치가 아무 생각 없이 한 그 말이 무서운 예언으로 되살아나 불길한 형상으로 날 덮친 것은 그로부터 수년 뒤의 일이었습니다.

다케이치는 내게 또 한 가지 중요한 선물을 했습니다.

"도깨비 그림이야."

언젠가 다케이치는 내 방에 놀러 와 자신 있게 손에 들고 온 한 장의 원색 사진을 내보이며 설명했습니다.

'어라, 이것 봐라' 하는 생각이 들었습니다. 그 순간, 내가 마침내 가야 할 길이 결정 났다는 생각이 훗날까지 머릿속에서 떠나지 않았습니다. 나는 알고 있었습니다. 그건 고흐가 그린 자화상에 불과하다는 걸 말이죠. 내가 어렸을 때, 일본에서는 프랑스의 인상파 그림이 대유행이어서 서양화 감상의 첫걸음은 대개 그런 부류의 그림으로 시작했기 때문에 고흐, 고갱, 세잔, 르누아르 같은 화가의 그림은 시골 중학생들도 대충 어디서든 사진이라도 봐서 알고 있었지요. 나도 고흐의 원색 그림을 사진으로 여러 번 봐서 그 흥미로운 터치나 선명한 색채에 관심이 있긴 했지만, 도깨비 그림이라고 생각한 적은 한 번도 없었습니다.

"그렇다면 이런 그림은 뭐로 봐야 하지? 역시 도깨비 그림인가?"

나는 책꽂이에서 모딜리아니의 화집을 꺼내 그 안에 실린 구릿빛 피부의 나체 여인 그림을 다케이치에게 보여주었습니다.

"와, 멋지다."

다케이치는 눈을 동그랗게 뜨고 감탄했습니다.

"지옥의 말 같아."

"이것 역시 도깨비인가?"

"나도 말이야, 이런 도깨비 그림을 그리고 싶어."

인간에게 공포심이 심한 사람들은 오히려 무서운 요괴의 모습을 확실히 두 눈으로 보고자 하는 심리가 있고, 남들의 신경질에 다치기 쉬운 사람일수록 차라리 폭풍우가 강력하게 몰아치기를 기도하는 심리가 있는 법이다. 아아, 이런 부류의 화가들은 인간이라는 괴물에게 상처 입고 인간들의 협박에 몰린 끝에 결국 환영을 믿게 되어 대낮에 자연 속에서 요괴의 모습을 생생히 본다. 그러나 그들은 자신들이 본 것을 우습게 표현해 타인을 속이지 않고 본 그대로 그림에 표현하려고 노력해서, 다케이치가 말한 대로 엄연히 '도깨비 그림'을 그려냈으니, 여기에 장래 나와 뜻을 같이하는 사람이 있다고 눈물이 나올 정도로 흥분했습니다.

"나도 그릴 거야. 도깨비 그림을 그릴 거야. 지옥의 말을 그릴 거라고."

왜 그랬는지 목소리를 낮춰서 다케이치에게 말했습니다.

나는 초등학교 때부터 그림을 그리거나 보는 것을 모두 좋아했습니다. 하지만 내가 그린 그림은 작문에 비해 주위의 평가가 그리 좋지 않았습니다. 아무튼 나는 인간들의 말을 조금도 믿지 않았기 때문에, 작문은 내게 단지 '우스운 행동'의 맛보기로, 어렵지 않게 초등학교, 중학교 내내 선생님들을 웃겨왔지만 나 자신은 그렇게 재밌지도 않았습니다. 하지만, 그림만큼은(만화는 별도로 치더라도) 그 대상을 표현하는 데 유치한 흉내 정도였지만 약간의 고심을 해야 했습니다. 학교에 있는 습작집들은 시시했고 선생님들의 그림은 형편없었기 때문에 내 나름대로 다양한 표현법을 고안해내 시도해보아야 했습니다. 중학교에 들어와서 유화에 필요한 그림 도구를 갖추고 화법의 모델을 인상파 화풍에서 찾으려 노력했지만, 완성된 내 그림을 보면 마치 치요가미 세공*처럼 밋밋하고 영 작품이 될 성싶지 않았습니다.

---

* 색 무늬가 있는 수공용 종이 치요가미로 인형을 만드는 작업 또는 작품

하지만 나는 다케이치의 한마디로 지금까지 회화에 대한 내 각오가 잘못됐다는 걸 새삼 깨닫게 됐습니다. 아름답다고 느낀 것을 느낌 받은 대로 아름답게 표현하려고 노력하는 안일함, 아둔함. 위대한 화가들은 하찮은 것들도 자신의 주관으로 아름답게 창조해내고, 또는 추한 것에 구토를 느끼면서도 그것에 대한 흥미를 숨기지 않고, 표현의 환희에 도취된다. 즉 다른 이들의 평판에 조금도 흔들리지 않는 듯한 화법의 근원적인 비법을 다케이치에게서 전수받고, 내 방을 찾아드는 여자들 모르게 난 조금씩 조금씩 자화상을 그리기 시작했습니다.

나 자신도 흠칫 놀랄 정도로 음침한 그림이 완성됐습니다. 그러나 이거야말로 가슴속 깊이 꼭꼭 감춰두었던 나의 정체. 겉으로는 명랑하게 웃고 또 다른 사람을 웃기지만 사실은 속에 이런 음침한 마음을 품고 있었다. 어쩔 수 없다. 난 속으로 이렇게 긍정했지만 그 그림은 다케이치 이외에 누구에게도 보이지 않았습니다. 나의 '우스운 행동' 뒤에 가려진 음침함을 읽혀 갑자기 쩨쩨하게 남들 눈치나 살피게 되는 것도 싫었고, 또 어쩌면 이것이 내 정체라고는 알아차리지 못하고 역시나 새로운 형태의 우스운 짓거리로 보여 더 큰 웃음거리가 될 수도 있었기 때문에, 그런 건 무엇보다 참기 힘든 고통이므로, 그 그림을 곧바로 책상 서랍 깊숙이 집어넣었습니다.

또한 미술 시간에도 그 '도깨비식 기법'은 보이지 않고, 지금까지 그려왔던 대로 아름다운 것을 그저 아름답게 표현하는 평범한 필치로 그리기만 했습니다.

나는 다케이치에게만은 이전부터 나의 상처받기 쉬운 신경을 아무렇지 않게 보였고, 이번에 완성된 자화상도 안심하고 보여주었습니다. 다케이치는 아주 멋지다며 칭찬해주었고 난 그다음에도 계속해서 한 장, 또 한 장 도깨비 그림을 그렸는데, 그러던 어느 날 다케이치에게 "너는 위대한 화가가 될 거야"라는 예언을 듣게 됐습니다.

홀릴 것이라는 말과 위대한 화가가 될 거라는 말, 이 두 가지 예언을 바보 같은 다케이치가 이마에 새겨주었고 마침내 나는 도쿄로 진출했습니다.

미술학교에 들어가고 싶었지만 아버지는 그전부터 나를 고등학교에 입학시켜 나중에 공무원을 만들 생각이었고 내게도 그렇게 말씀하셨기 때문에, 한마디 말대꾸도 못하는 나는 역시 이번에도 잠자코 시키는 대로 따랐습니다. 아버지는 4학년까지만 마치고 입학시험을 보자고 말씀하셨고, 나도 바다와 벚꽃으로 둘러싸인 그 중학교는 이제 웬만큼 물려서 5학년으로 진급하지 않고 4학년까지만 수료한 뒤, 도쿄에 있는 고등학교 입학시험에 응시해 합격하고 곧 학교 기숙사에 들어가게 됐는데, 그곳의 불결함과 사람들의 난폭함에 질려버려, 이번엔 웃기려는 행동에서가 아니라 의사에게 폐침윤 진단을 받고 기숙사를 나와서, 우에노 사쿠라기초에 있는 아버지 별장으로 옮겼습니다. 내겐 단체 생활이 도저히 불가능한 일이었습니다. 게다가 '청춘의 끓는 피'라든가, '젊은이의 긍지'라는 말은 듣는 것만으로도 소름이 끼쳐, 흔히들 말하는 '고교생의 정신'에는 맞출 수 없었습니다. 교실이나 기숙사 할 것 없이 학교 구석구석이 모두 억눌린 성욕의 쓰레기통 같다는 느낌에 압도되어, 나의 완벽에 가까운 '우스운 행동'도 그곳에서는 아무 힘을 발휘하지 못했습니다.

아버지는 의회가 없을 때는 한 달에 1주나 2주밖에 그 별장에 묵지 않으셨기 때문에, 아버지가 안 계실 때는 그 넓은 집에 별장 관리인 노부부와 나, 세 명만 있었습니다. 그러면 나는 자주 학교를 빼먹었는데, 그렇다고 도쿄 시내를 구경 나갈 생각도 없어서(나는 이러다가 결국 메이지 신궁도, 구스노키 마사시게의 동상도, 센가쿠사↓에 있는 47인의 묘도 보지 못하고 끝날 것 같습니다) 집에서 하루 종일 책을 읽거나 그림을 그렸습니다. 아버지가 올라오시면, 매일 아침 허둥지둥 등교하는 척하고, 혼고 센다기초에 있는 서양화가 야스다 신타로 씨의 미술 학원에 가서 서너 시간씩 데생 연습을 하곤 했습니다. 학교 기숙사에서 나왔더니, 수업 시간에 들어가도 무슨 외부 청강생처럼 완전히 별개의 사람이 되어, 이런 기분은 나의 비뚤어진 성격 탓에 혼자 그리 생각한 건지도 모르겠

44

으나, 아무래도 서먹서먹하고 낯설어 점점 더 학교에 나가기가 싫어졌습니다. 나는 초등학교, 중학교, 고등학교를 통틀어 애교심은 전혀 느껴보지 못하고 끝났습니다. 교가도 생각나는 게 하나도 없습니다.

나는 마침내 미술 학원에서 한 학원생에게 술과 담배, 매춘부와 전당포 그리고 좌익 사상을 배우게 됐습니다. 묘한 어울림이었지만 어쨌든 그게 사실입니다.

그 학생은 호리키 마사오라고 하는데, 도쿄의 상인 계급 출신이고 나보다 여섯 살 많았습니다. 그는 사립 미술학교를 졸업하고 집에 아틀리에가 없어서 이 학원에 다니며 서양화 공부를 계속하고 있다고 했습니다.

"5엔 좀 꿔줄래?"

그와 나는 학원에서 얼굴만 익혔을 뿐 그때까지 한마디도 서로 나눈 적이 없었습니다. 나는 당황해 쭈뼛대면서 5엔을 건넸습니다.

"좋아, 한잔하러 가자. 내가 한턱낼게. 어때? 젖은 떼고 나왔겠지?"

거절도 못하고 학원 근처 호라이초에 있는 카페로 끌려 나갔는데, 이것이 그와 친구로 지내게 된 시발점이었습니다.

"전부터 내 널 쭉 봐왔지. 그래, 바로 그거야, 그 수줍은 듯한 미소, 그게 바로 가능성 있는 예술가 특유의 표정이란 말이야. 친해진 기념으로 건배! 키누 씨, 이 녀석 잘생겼죠? 그렇다고 이 녀석한테 반하면 안 돼. 이 녀석이 학원에 들어온 덕분에 유감스럽게도 내가 두 번째 미남 자리로 밀려났잖아."

호리키는 피부가 까무잡잡하고 이목구비가 단정한 얼굴이었으며, 미술 학도로는 드물게 제대로 된 양복에 넥타이 취향이 고상했고, 머리에는 언제나 포마드를 발라 가운데 가르마를 타고 다녔습니다.

그 장소가 낯설기도 했고 사람들에게 둘러싸여 있는 게 두렵기도 해서, 팔짱을 꼈다가 풀었다가 하며 얼굴엔 계속 수줍은 듯한 미소를 짓고 있었는데, 맥주를 두세 잔 마시는 동안 무언가에서 풀려난 듯한 해방감을 느꼈습니다.

"나는 미술학교에 입학하려고 했습니다만……"

"아니, 필요 없어. 그런 곳엔 들어갈 필요가 없다고. 학교? 다 필요 없어. 우리의 스승은 자연에 있다고! 자연에 대한 파토스!"

하지만 나는 그가 하는 말에 전혀 공감하지 않았습니다. 바보 같은 사람이야. 분명히 그림도 잘 못 그릴 거야. 하지만 놀기에는 좋은 상대일지도 몰라 하고 생각했습니다. 나는 그때 태어나서 처음으로, 말로만 듣던 도시의 건달을 본 것입니다. 그는 나와 겉모양은 다르지만 이 세상 인간사에서 완전히 유리되어 목적지를 모르고 헤매는 점에서만은 확실히 나와 같은 부류의 사람이었습니다. 그리고 그는 '우스운 행동'을 의식하지 않고 했으며, 더군다나 그 행동의 비참함을 전혀 인식하지 못하고 있다는 것이 나와는 본질적으로 다른 점이었습니다.

그냥 노는 것뿐이야, 놀이 상대로 지내는 것뿐이야, 속으로 늘 그를 경멸하고 때로는 그와 같이 다니는 것을 수치스럽게 생각하면서도 그와 둘이서 걷는 동안에, 결국, 나는, 이 남자에게조차 격파당하고 말았습니다.

그러나 처음엔 이 남자를 좋은 사람, 보기 드물게 좋은 사람이라고만 생각하고, 대인공포증이 있던 나도 아무런 경계 없이 도쿄에서 가볼 만한 곳을 안내해줄 사람이 생겼다고 내심 좋아했습니다. 왜냐하면 나는 사실 혼자서는 차장이 무서워서 전차에 올라타지도 못하고, 가부키 극장에 들어가보고 싶어도 극장 정문 앞 융단 깔린 계단 위에 쭉 늘어선 안내원들이 무서웠으며, 레스토랑에 들어가도 등 뒤에서 말없이 접시가 비기를 기다리고 있는 보이들이 겁났고, 특히나 계산할 때, 아아, 그 어색하고 촌스러운 내 손동작, 나는 물건을 사고 돈을 건넬 때는 구두쇠여서가 아니라 너무 긴장하고 너무 부끄러워서 또 불안하고 무서워서 눈앞이 빙글빙글 돌고 새까맣게 보여 발광 직전까지 가기 때문에 값을 깎기는커녕, 거스름돈 받는 것을 잊어버리기도 하고, 어떨 때는 산 물건을 들고 나오는 것조차 잊어버리는 경우도 종종 있을 정도였습니다. 그래서 도저히 혼자서는 도쿄 거리를 구경 다니지도 못하고 별수 없이 하루 종일 방

안에서 뒹굴었던 말 못 할 사정이 있었습니다.

그랬는데 호리키에게 지갑을 맡기고 함께 다니면, 호리키는 물건값을 많이 깎는 데다, 노는 데 도사라고나 할까, 최소한의 돈으로 최대의 효과를 만끽할 수 있는 재주를 발휘했으며, 또한 비싼 택시는 타지 않고 전차, 버스, 똑딱배 같은 값싼 대중교통을 적절히 이용해서 최단 시간에 목적지까지 도착하는 수완도 보였고, 창녀촌에서 밤을 보내고 아침에 돌아올 때는 아무개라는 요정에 들러 아침 목욕을 하고 따끈한 두부탕에 해장술을 곁들이는 게 비교적 저렴하게 호사를 누리는 방법이란 걸, 현장 실습을 통해 가르쳐주기도 했습니다. 그 외에도 포장마차의 쇠고기덮밥이나 닭꼬치 요리가 싼값으로 영양 보충할 수 있는 음식이라고 설파하고, 빨리 취하는 데 덴키부랑*만 한 술은 또 없다고 장담하기도 했는데, 아무튼 값을 치르는 데는 내가 전혀 불안하고 초조해할 필요가 없었습니다.

더구나 호리키와 다니며 도움을 받는 일 한 가지를 덧붙이면, 그는 듣는 사람의 생각 따위는 전혀 신경 쓰지 않고 이른바 잘난 사람들이 말하는 파토스가 분출하는 대로(어쩌면 정열이란 상대의 입장을 무시하는 건지도 모르겠지만) 하루 종일

---

* 브랜디와 유사한 술의 상표

시답지 않은 수다를 멈추지 않아, 두 사람이 걸으면서 몸이 지치고 서먹한 침묵에 빠질 위험이 전혀 없었다는 점입니다. 다른 사람과 같이 있으면, 그 두려운 침묵이 흐르게 될 것을 경계해서, 본래 입이 무거운 내가 이런 분위기를 막아보려고, 지레, 필사적으로 '우스운 행동'을 하게 되는데, 이 호리키라는 바보가 아무 생각 없이 '우스운 행동'을 도맡아 해주었기 때문에, 나는 굳이 그때마다 대답할 필요도 느끼지 않고, 한 귀로 듣고 한 귀로 흘리다가 가끔씩 정말이야, 아아 그래, 정도로 장단 맞춰주고 히죽거리면 됐습니다.

술, 담배, 매춘부, 그건 모두 대인공포증을 비록 일시적이긴 하지만 희석할 수 있는 꽤나 좋은 수단이란 걸 나도 곧 알게 됐습니다. 그런 수단들을 취하기 위해서라면, 내 소유물을 전부 내다 팔아도 아깝지 않다는 생각까지 하게 됐습니다.

내게는 매춘부들도 여성이 아닌, 백치나 미치광이처럼 여겨져 그 품 안에서 오히려 안심하고 푹 잠들 수 있었습니다. 모두 불쌍할 정도로, 정말이지 털끝만큼도 '욕심'이란 게 없었습니다. 그리고 내게 동질감 같은 것을 느꼈는지, 나는 언제나 그 매춘부들에게 거북하지 않을 정도의, 본능적인 호의를 받았습니다. 아무런 이해타산도 없는 호의, 진심에서 우러난 호의, 두 번 다시 찾지 않을지도 모르는 사람에 대한 호의, 나는 그 백치나 미치광이 같은 매춘부들에게서 마리아의 후광을 본 적도 있었습니다.

그러나 인간에 대한 공포심에서 벗어나 짧은 하룻밤의 안식을 얻기 위해 그곳에 찾아가, 그야말로 나와 '동질감'을 느끼는 매춘부들과 놀아나는 동안에 어느 틈엔가 나도 모르게, 어떤 꺼림칙한 분위기를 풍기게 된 모양입니다. 이건 그곳에 꾸준히 드나들면서 얻은 일종의 '덤'이었지만, 점차 이 '덤'으로 얻은 분위기가 표면 위로 뚜렷이 떠올라, 마침내 호리키에게 그 점을 지적받고서야 난 비로소 기겁을 하여 그다음부터는 아주 싫어졌습니다. 사람들이 이 모습을 보고 속된 말로, 매춘부들과 놀아나다 '여자 다루는 법'을 알게 되고, 더구나 요즘 들어 그 솜씨가 부쩍 늘어, 여자 다루는 법은 매춘부를 통해 익히는 것이 가장 정확하고 또 그만큼 효과가 크다고들 하지만, 예전부터 이미 내겐 그 '여자 다루기의 고수' 냄새가 감돌아, 여자들은(매춘부들뿐만 아니라) 본능적으로 그 냄새를 맡고 꼬여 든다는 그런 저속하고 불명예스러운 분위기를 '덤'으로 얻고, 그리고 그쪽이 내 안식을 위해서라기보다 내 정체인 양 두드러져 보였던 모양입니다.

호리키는 반쯤 입에 발린 말로 흘린 얘기겠지만, 내게도 참기 힘든, 고통스러운 생각이 맞아 들어가는 구석이 있었는데, 예를 들면 찻집의 여종업원에게 유치한 편지를 받은 적도 있고, 사쿠라기초에 있는 집 근처에 사는 스무 살 정도 된 장군의 딸이 매일 아침 내가 학교에 가는 시간에 용건도 딱히 없이 자기 집 대문 앞에 화장을 엷게 하고 나왔다 들어갔다 하기도 하고, 고깃집에 가면 잠자코 있는데도 가게에서 일하는 하녀가, ……또 내 단골 담배 가게 딸에게 건네받은 담배 상자 안에, ……또 가부키를 보러 갔을 때 옆에 앉았던 여자에게, ……또 한밤중 전철 안에서 술에 취해 자고 있다가, ……또 전혀 생각도 하지 않았던 고향 친척 집의 딸에게 간절히 쓴 구애 편지를 받기도 하고, ……또 생판 모르는 아가씨가 나 없는 집에 직접 만든 인형을, ……나는 극도로 소극적인 남자였기 때문에 위에 열거한 모든 일이 전부 일방적인, 그 이상의 진척이라곤 전혀 없는 일들이었지만, 뭔가 여자들의 넋을 빼앗는 분위기가 내 몸 어딘가에 감돌고 있다는 것은, 그것은 사람을 홀린다거나 꼬신다거나 하는, 그저 웃자고 지껄이는 농담이 아니라 부정할 수 없는 것이었습니다. 나는 그 점을 호리키 같은 놈에게 지적받고, 굴욕이라고 할 수 있는 괴로움을 느낌과 동시에, 매춘부와 놀아나는 일에도 하루아침에 흥미를 잃었습니다.

호리키는 또한 세련된 현대 지식인으로 보이고 싶어 하는 성향이 있었기 때문에(호리키에게 이외에 다른 이유가 있다고는 생각할 수 없습니다) 어느 날 나를 공산주의 독서 토론회라나 뭐라는(R·S라고 했던가 확실히 기억나지 않습니다만) 비밀 연구회에 데리고 갔습니다. 호리키 같은 인물에게는 나를 공산주의 비밀 회합에 데리고 간 일도 예의 그 '도쿄 안내'의 한 가지 정도였을지 모릅니다. 나는 그들에게 '동지'라고 소개되고, 시키는 대로 팸플릿을 한 부 사고, 긴 테이블의 상석에 앉아 있는 아주 험상궂게 생긴 청년에게 마르크스 경제학 강의를 들었습니다. 그러나 모두 이미 알고 있는 내용이라는 생각이 들었습니다. 뻔한 일이겠지만 인간의 마음에는 원래 정체를 알 수 없는 무시무시한 것이 있고, 욕심이라고 표현하기엔 뭔가 부족하고, 허영이라고 하기에도 그렇고, 색色과 욕慾을 나란히 두자니 좀 그런데, 뭔지 나도 잘 모르겠지만, 인간 세계의 밑바닥에는 경제뿐만 아니라 불가사의하고 괴기스러운 무언가가 있는 것 같아서, 그 괴기스러움에 숨도 제대로 쉴 수 없는 나는 예의 유물론을, 물이 아래로 향하듯 자연스럽게 긍정하면서도, 그렇다고 해서 인간에 대한 공포에서 해방되거나 그들이 제시하는 청사진에 눈을 떠 희망으로 부풀 수도 없었습니다. 하지만 나는 그 후로도 한 번도 빠짐없이 그 R·S(라고 했던 것 같은데 틀릴지도 모릅니다)에 출석했고, '동지'들이 무슨 굉장한 일을 하는 것처럼, 아주 심각한 얼굴로 1 더하기 1은 2라는 식의 초등 산수 문제 풀이 같은 이론 연구에 열중하는 것이 너무나 우스워 보여서, 나의 '우스운 행동'으로 회합의 분위기를 풀어주려 애썼는데, 그 덕분인지 점차 연구회의 딱딱한 분위기도 꽤 부드러워져, 나는 그 회합에 없어서는 안 되는 인기인이 된 모양입니다. 그곳에 모인 단순해 보이는 사람들은 나도 자기들과 마찬가지로 단순하고 낙천적인 '동지' 정도로 생각했는지 모르지만, 만약 그랬다면 나는 거기 모인 사람들을 하나부터 열까지 완벽하게 속인 겁니다. 나는 동지가 아니었습니다. 하지만 그 회합에 매번 빠짐없이 출석해서 모두에게 '우스운 행동'을 서비스했습니다.

좋았기 때문입니다. 그 사람들이 마음에 들었기 때문입니다. 그러나 그것은 결코 마르크스라는 공통분모로 결집된 동지애는 아니었습니다.

비합법. 내겐 그것이 은근한 즐거움이었습니다. 오히려 마음이 편했습니다. 이 세상에서 통용되는 합법이라는 것이 오히려 난 두려웠고(거기에서는 정체를 알 수 없는 강력한 무언가를 예감하게 됩니다) 그 방식을 이해할 수 없어서, 창문도 없는, 뼛속까지 얼어붙게 만드는 그 방에서는 가만히 앉아 있지 못해서, 밖은 비합법의 바다라 할지라도 그곳으로 날아들어 헤엄치다가 마침내 죽음에 이르는 게 내겐 훨씬 마음 편할 것 같았습니다.

'음지에 숨어 사는 사람'이라는 말이 있습니다. 이 인간 세상에서는 비참한 패배자, 악덕자를 가리키는 말 같은데, 나는 나 자신이 **태어난 순간부터 음지에 숨어 사는 사람**이었다는 생각이 들고, 세상 사람들에게 떳떳하지 못한 자라고 손가락질받는 사람과 만나면 나는 진심으로 정이 갑니

다. 나의 그 '동질감'은 나 자신도 황홀한 기분이 들 정도로
정겨운 마음입니다.

그리고 '범죄 의식'이라는 말이 있습니다. 나는 이 인간
세상 속에 살면서 평생을 범죄 의식에 시달리면서도, 그것
이 내 고행의 반려자이고, 그 녀석과 둘이서만 소박하고 즐
겁게 놀아나는 것도 내 삶의 방식 가운데 하나 같았습니다.
그리고 속된 표현으로 정강이에 상처 있는 놈*이란 말도 있
는데, 이 상처는 젖먹이일 때 자연스럽게 한쪽 정강이에 생
겨, 내가 자라면서 치유되기는커녕 점점 더 깊이 뿌리내려
뼛속까지 뚫고 들어와, 밤마다 나를 찾는 고통은 변화무쌍
한 지옥 같다고 느끼면서도, 그러나 (이건 정말이지 기묘한 표현
이지만) 그 상처는 점차 내 **피와 살**보다 더 나와 가까운 존재
가 되고, 그 상처의 고통은, 그러니까 상처가 아물지 않고
살아 있다는 느낌, 혹은 애정의 속삭임이라고까지 생각하
는 남자에게 보통 지하 운동 조직의 분위기가 무척이나 마
음 편하고 안심이 되는 것은 어쩌면 자연스러운 일 아닐까,
간단히 말하자면 그 운동의 본래 목적보다 그 운동의 표면
적인 생리가 내게 들어맞는다는 느낌이었습니다. 호리키는
그저 멍청이의 장난으로, 나를 소개하러 간 그 회합 자리에

---

* 남모르는 비밀이 있는 사람이라는 뜻의 일본 속담

단 한 번 얼굴을 내밀었을 뿐, 마르크스주의자는 생산에 관한 연구와 더불어 소비도 시찰할 필요가 있다는 둥 어설픈 소리를 하고는 그 뒤로 모습을 나타내지 않았고, 그뿐만 아니라 나를 그 소비에 관한 시찰 쪽으로만 끈질기게 유인하려 했습니다. 생각해보면 당시에는 여러 유형의 마르크스주의자가 존재했던 것 같습니다. 호리키처럼 겉멋 든 모더니티에서 마르크스주의자를 자칭하는 사람도 있을뿐더러, 또 나처럼 단지 비합법적인 냄새가 맘에 들어 그 자리에 끼어 앉아 있는 사람도 있었으니, 만약 이런 모습을 진정한 마르크스주의 신봉자가 알아차린다면 분노를 못 참고, 호리키와 나를 비열한 배신자라 못박고 쫓아내버릴 게 틀림없겠죠. 그러나 나도 그렇고 호리키조차 그곳에서 제명되진 않았는데, 특히 나는 그 비합법적인 세계에서는 때깔 좋은 합법적인 세계보다 더 자유롭고 '건전'하게 행동할 수가 있었기 때문에, 장래가 촉망되는, 될성부른 '동지'로서 오히려 큰 소리로 웃고 싶을 정도로, 너무나 비밀스러운 임무까지 부여받았습니다. 또 사실 나는 그런 임무를 부여받으면, 한 번도 거절하지 않고 태연하게 수행해, 괜히 부자연스럽게 행동해서 개들(동지들은 경찰을 그렇게 불렀습니다)에게 찍혀 불심검문 따위를 받고 목적 달성에 실패하는 일도 없었으며, 늘 웃으면서, 또 다른 사람들을 웃기면서, 그 위험하다는(그 운동을 하는 사람들은 대사건처럼 긴장하고 탐정 소설에 나오는 인물 흉내나 어설프게 내면서 극도로 경계했고, 또한 내게 부여하는 임무는 정말이지 입이 떡 벌어질 정도로 시시한 것이었는데, 그럼에도 그들은 그 임무를 위험하다고 이마에 핏줄을 세워가며 경고했습니다) 임무를 정확히 수행했습니다. 그 당시 나의 기분으로는 당원으로 일하다 체포되어 비록 남은 생을 형무소에서 보낸다 하더라도, 전혀 동요하지 않았을 겁니다. 인간들의 '실생활'에 두려움을 안고 매일 밤 불면의 지옥 속을 헤매는 것보다 차라리 감옥 안이 훨씬 편할 거라고 생각했으니까요.

아버지는 사쿠라기초에 있는 별장에서 손님 접대다 외출이다 해서, 한 지붕 밑에 산다고 해도 사나흘이 지나도록 얼굴 볼 일이 없을 정도였지만, 그럼에도 난 아버지가 껄끄럽고 무서워서, 그 집을 나와 어디 하숙이라도 하면 좋겠다고 생각했는데 차마 내 입으로 그 말을 꺼내진 못하던 차에, 아버지가 그 집을 처분할 예정이라는 말을 별장 관리하는 노인에게 듣게 됐습니다.

아버지의 의원 임기도 끝날 때가 거의 다 됐고, 다른 여러 가지 이유도 있었겠지만 이제 더는 선거에 나갈 생각은 없는 것 같았으며, 게다가 고향에 조용히 지낼 집 한 칸을 마련하고 보니 도쿄엔 미련도 없는 것 같고, 뭐 이런저런 이유를 생각해보았는데, 또 하나 이제 고등학교 1학년생인 나 하나 때문에 저택과 관리인을 두는 것도 쓸데없는 낭비라고 생각했는지(나는 아버지의 심정 또한 세상 모든 사람의 마음과

56

마찬가지로 헤아릴 수 없었습니다) 아무튼 그 집은 곧 다른 사람에게 팔리고, 나는 혼고 모리카와초에 있는 센류칸이라는 낡은 하숙집의 어둠침침한 방으로 이사했지요. 그리고 그 다음엔 곧바로 돈에 쪼들리게 됐습니다.

그때까지는 아버지에게 매달 일정한 금액의 용돈을 받았고, 그건 물론 2, 3일이면 바닥이 났지만 담배, 술, 치즈, 과일 등은 집에만 가면 언제나 있었고, 책이나 문구용품, 그 외 옷 등도 모두 집 근처 상점에서 '외상'으로 구할 수 있었으며, 호리키에게 메밀국수라든가 덮밥을 사주더라도 아버지가 단골로 다니시는 마을 내의 가게라면 말없이 나와도 상관없었습니다.

그러던 것이 갑자기 혼자 하숙을 하게 되자, 매월 송금받는 금액에 맞춰 생활해야 했기 때문에 나는 당황스러웠지요. 송금은 이전과 마찬가지로 2, 3일이면 다 없어져버렸기 때문에, 난 덜덜 떨면서 막막한 두려움으로 미칠 지경이 되어 아버지, 형, 누이에게 번갈아 가며 돈을 보내 달라고 전보와 애절한 편지(그 편지의 내용은 구구절절 예의 '우스운 행동'으로 꾸민 허구였습니다. 다른 사람에게 뭔가를 부탁할 때는 우선 그 사람을 즐겁게 만드는 게 상책이라고 생각했기 때문이죠)를 계속 보내는 한편, 그것도 못 기다릴 지경이면, 이것 또한 호리키가 전수한 방법인데, 부지런히 전당포에 들락거렸지만, 그 같은 노력에도 돈이 궁하긴 마찬가지였습니다.

결국 내겐 아무런 연고도 없는 하숙집에서 혼자 '생활'해 나갈 능력이 없었던 겁니다. 나는 그 하숙방에서 혼자 가만히 들어앉아 있는 것이 무섭고, 당장에라도 누군가 내 뒤통수를 후려갈길지도 모른다는 생각이 들어, 거리로 뛰쳐나가면 또 그 지하 조직의 심부름을 해야 했고, 다른 때는 호리키와 함께 싸구려 술집을 돌아다녔기 때문에, 학업도 미술 공부도 거의 손을 놓은 상태에서, 마침내 고등학교 2학년 11월, 나보다 연상의 유부녀와 정사情死 사건을 일으켜 내 인생은 일대 변화를 맞았습니다.

학교에는 결석하고 학과 공부도 전혀 하지 않았는데, 그게 참으로 이상하게 시험 답안 쓰는 데는 요령이 있었는지 성적은 잘 나와서, 아무튼 그 점에서는 고향에 있는 부모 형제를 완전히 속일 수 있었지만, 그것도 나중에는 출석 일수 부족 등의 이유로 학교에서 몰래 고향에 계신 아버지께 연락해, 아버지를 대신해서 큰형에게 엄중한 경고가 담긴 긴 편지를 받았습니다. 하지만 그런 것보다 내게 직접적인 고통을 준 것은, 수중에 돈이 없다는 점과 지금까지 해오던 운동의 임무가 이젠 장난삼아 할 수준을 넘어 아주 정신없이 사람을 몰아쳤다는 점이었습니다. 중앙 지구라나 뭐라나, 아무튼 혼고, 고이시가와, 시타야, 간다 주변의 모든 학교에 재학 중인 마르크스주의 학생들의 행동 대장이라는 직함을 부여받은 겁니다. 무장봉기라는 말을 듣고 작은 칼을 사서(지금 생각해보면 그건 연필을 깎기에도 모자라는 조그만 칼이었습니다) 그것을 레인코트 주머니에 넣고, 이곳저곳을 돌아다니며 그들이 말하는 '연락' 업무를 수행했습니다. 술이나 거하게 한잔하고 푹 자고 싶었지만, 돈이 없었습니다. 더구나 P(당을 지칭하여 그런 은어로 불렀다고 기억합니다만 어쩌면 틀릴지도 모릅니다) 쪽에서는 숨 돌릴 여유도 없이 임무를 지시했습니다. 나의 병약한 체질로는 도저히 배겨낼 것 같지 않았습니다. 원래부터 비합법이라는 데에 혹해서 발을 들여놓고 잔심부름을 하기 시작했는데, 이렇게 완전히 빠져들어 정신을 못 차릴 정도가 되자, 나는 속으로 P에 있는 사람들에게 이건 번지수가 잘못되었으니 이런 일은 당신들 직속 부하에게 시켜야 하지 않냐고 말하고픈, 분한 생각을 금할 길 없어, 도망쳤습니다. 도망치고 나서도 내 생각대로 속 시원한 기분은 들지 않아 그저 죽고 싶었습니다.

그즈음 내게 특별한 감정을 가진 여자가 셋 있었습니다. 하나는 내가 묵던 하숙집 센류칸의 딸이었습니다. 그녀는 내가 조직의 일로 녹초가 되어 돌아와 밥도 못 먹고 잠자리에 들면, 꼭 편지지와 만년필을 들고 내 방으로 찾아왔습니다.

"미안해요, 아래층에서는 동생들 때문에 시끄러워서 편지도 제대로 쓸 수가 없어서요."

이렇게 말하며 무조건 내 책상을 차지하고 앉아 한 시간 이상씩 뭔가를 쓰는 척했습니다.

나도 그저 모른 척하고 누워만 있으면 좋을 텐데, 아무래도 그녀가 무슨 말이든 해주길 바라는 눈치여서, 사실 한마디도 말을 섞고 싶은 생각은 없었지만, 피곤해서 꼼짝도 할수 없으면서도 나는 몸에 밴 '서비스' 정신을 발휘하여, 다시 한번 기운을 내 엎드려 담배를 피워 물었습니다.

"여자가 보낸 러브레터로 말이야, 목욕물을 데워 탕에 들어간 남자가 있었대."

"어머나, 징그러워. 그거 당신 얘기죠?"

"난 우유를 데워 마신 적은 있지."

"잘났어, 정말. 많이 마시세요."

나 참, 작작 좀 하고 가지, 편지라고는 무슨 말을 썼는지다 보이는구먼, 글은 무슨 글, 사람의 눈코입이나 그리고 있는 게 뻔합니다.

"어디 좀 봐."

눈곱만큼도 보고 싶은 마음은 없었지만 한마디했더니, 어머나, 싫어, 아이, 싫어를 연발하며 그 좋아하는 꼴이라니, 정말이지 추하고 속이 다 메슥거렸습니다. 그래서 난 무슨 일이든, 심부름이라도 시켜야겠다고 생각한 겁니다.

"저기 미안한데, 역 근처 약국에 가서 칼모틴* 좀 사다 줄

---

* 신경안정 효과가 있는 수면제

래? 너무 피곤해서 얼굴에 열이 나니 말이야, 그러니까 되레 잠이 안 와서 그래. 미안한데 돈은……"

"아이, 됐어요. 돈은 뭐."

기꺼이 일어납니다. 심부름을 시키는 것은 결코 여자를 실망시키는 일이 아니라, 오히려 여자는 남자에게 그런 부탁을 받으면 좋아한다는 것을 나는 이미 알고 있었습니다.

또 한 명은 여자고등사범대학 문과생이었던, 지하 조직의 '동지'였습니다. 이 사람과는 운동 일 때문에 보고 싶지 않아도 매일 얼굴을 마주할 수밖에 없었습니다. 회의가 끝난 다음에도 그 여자는 언제나 내 옆에 달라붙어 걸었고 이것저것 물건을 사주곤 했습니다.

"친누나처럼 생각해도 돼."

나는 그 빤한 수작에 몸서리치면서도 "네, 그럴게요" 하고 애수를 머금은 미소를 띠며 대답합니다. 아무튼 사람을 화나게 만들면 무섭다. 무슨 짓이든 해서 속이지 않으면 안된다. 이런 일념으로, 매번 그 추하고 보기 싫은 여자에게 '봉사'하는 마음으로, 그녀가 물건을 사주면(그 여자가 골라주는 물건이란 건 영 형편없어서 보통 난 그 물건들을 곧바로 꼬치구잇집 주인한테 줘버렸습니다) 기쁜 얼굴로 받고, 농담 짓거리를 해가며 웃기곤 했습니다. 어느 여름밤, 아무래도 이 여자가 떨어질 생각을 안 해, 길모퉁이 어두컴컴한 곳에서 그저 빨리 이 여자를 돌려보내고 싶다는 마음에 키스해주었더니, 거의 미친 듯이 흥분하며 그 자리에서 바로 자동차를 불러, 그 사람들이 운동을 위해 비밀리에 빌려둔 빌딩의 사무실 같은 좁은 방으로 날 데려가 아침까지 광란의 밤이란 걸 보냈습니다. 형편없는 누나라 생각하며 난 혼자서 쓴웃음을 지었습니다.

하숙집 딸이나 이 '동지'나 어쩔 수 없이 매일 얼굴을 마주하지 않으면 안 되는 상황이었기 때문에, 지금까지 만나온 다른 여러 여자들처럼 능숙하게 피해 다니거나 하지 못하고 끝까지 미적미적, 늘 나를 따라다니는 불안감으로, 이 두 사람의 비위를 목숨 걸고 맞춰야 했고, 마침내 난 옴짝달싹 못 하는 처지가 된 겁니다.

이와 비슷한 시기에 나는 긴자에 있는 어느 큰 카페의 아가씨에게 생각지도 못한 큰 신세를 졌는데, 단 한 번 만났을 뿐이지만 난 그녀가 베풀어준 은혜에 몸을 옥죄는 걱정과 천벌이 내릴까 하는 두려움으로 집착하게 됐습니다. 그때쯤 난 호리키의 안내 없이도 혼자 전차를 탈 수도 있고, 가부키 극장에도 들어갈 수 있었으며, 화려한 빗살 무늬 기모노를 입고 카페에 들어갈 정도로 약간은 뻔뻔스러움을 가장할 수 있게 됐습니다. 마음속으로는 변함없이 인간의 자아自我와 폭력을 두려워하고 번민하면서도, 겉모습만큼은 조금씩 타인과 맨얼굴로 인사, 아니 그건 아니고, 나는 부끄러워 뒷걸음질 치는 쓸쓸한 미소를 띠지 않고서는 남과 인사도 하지 못하는 사람입니다만, 아무튼 얼떨결에 하는 인사라도, 어찌 됐든 할 수 있을 정도의 '기량'을 지하 조직 임무로 여기저기 쏘다닌 덕분인지, 아니면 여자들? 아니면 술? 무엇보다 수중에 돈이 없었던 덕분에 익히게 됐습니다. 난 어느 장소에 있든 불안했기 때문에, 오히려 큰 카페에서 많은 취객이나 여종업원들, 보이들에게 둘러싸여 그 무리에 휩쓸릴 수 있다면, 언제나 날 괴롭히는, 무엇엔가 쫓기는 듯한 불안감도 좀 가라앉지 않을까 싶어, 10엔을 들고 긴자의 그 큰 카페에 들어갔던 겁니다. 난 빙긋 웃으면서 앞에 서 있는 여종업원에게 "10엔밖에 없으니 그만큼만 주세요" 하고 말했습니다.

"걱정하실 것 없어요."

모르긴 해도 그 목소리는 간사이 지방 억양이었습니다. 그런데 그 한마디가 신기하게도 나의 불안감을 잠재워주었습니다. 아니요, 돈 걱정을 할 필요가 없어졌기 때문이 아닙니다. 이 사람은 곁에 있어도 두려워하지 않아도 된다는 느낌이 들었습니다.

나는 술을 마셨습니다. 그 사람 곁에 있는 게 편안했기 때문에, 오히려 그 '우스운 행동'을 할 마음도 먹지 않고, 말 없고 음침한 내 본래의 모습을 그대로 드러내 보이며 술을 마셨습니다.

"이런 걸 좋아해요?"

여자는 여러 가지 요리를 내 앞에 늘어놨습니다. 나는 고개를 저었습니다.

"술만 마실 거예요? 나도 한잔 주세요."

어느 쌀쌀한 가을밤이었습니다. 나는 츠네코(였다고 기억합니다만 기억이 가물가물해서 정확한 건 아닙니다. 난 둘이서 정사를 감행한 상대의 이름도 기억하지 못하는 사람입니다)가 가르쳐준 긴자 뒷골목의 어느 포장마차식 초밥집에서 아무 맛도 없는 초밥을 먹으며(그 사람의 이름은 기억하지 못해도 그날 먹은 맛없는 초밥만큼은 어찌 된 일인지 또렷이 기억합니다. 그리고 구렁이를 닮은 얼굴에, 빡빡머리 주인이 고개를 흔들며, 아주 능숙한 요리사인 척, 손님들을 속이면서 초밥을 만들던 모습도 눈앞에 보이는 듯 선명히 떠올라, 몇 년이 지난 다음에도 우연히 전철 속에서 어디서 많이 본 얼굴이다, 했더니 그게 바로 그 초밥집의 주인이어서 혼자 피식한 적도 있을 정도입니다. 그 사람의 이름도, 생김새도 기억에서 멀어진 지금, 도리어 초밥집 주인의 얼굴만은 그림으로 그릴 수 있을 정도로 정확하게 기억나는 것은 역시 그때의 초밥이 너무나 맛이 없어서, 내게 한기와 고통을 주었기 때문이라고 생각합니다. 원래 나는 맛있다고 소문난 초밥집에 다른 사람들을 따라가서 먹어봐도 맛있다고 생각한 적은 한 번도 없었습니다. 내가 먹기엔 너무 컸습니다. 나는 언제나 엄지손가락 정도 크기로 꼭 쥐어 만들 수는 없을까 생각했습니다) 그 사람을 기다리고 있었습니다.

혼쇼에 있는 목수 집 2층에 그 사람은 세 들어 살고 있었습니다. 나는 그 2층에서 당시 나의 음침했던 마음을 조금도 숨기지 않고, 심한 치통이라도 앓는 사람처럼 한 손으로 볼을 감싸 쥐고 차를 마셨습니다. 그리고 나의 그런 모습이 오히려 그 사람 마음에 든 모양이었습니다. 그 사람도, 그 사람이 풍기는 분위기도 찬바람이 불고 낙엽들만 흩날리는 것이, 꼭 인간 세상에서 완전히 외떨어져 산다는 느낌을 주었습니다.

함께 밤을 보내면서, 그 사람은 나보다 두 살 연상이라는 점과 고향은 히로시마, 남편이 있고, 히로시마에서 이발소를 했는데 작년 봄에 둘이서 가출을 해 도쿄로 도망쳐 올라왔고, 남편은 도쿄에서 제대로 된 일을 구하지 못하고 헤매다가 사기죄로 걸려 지금은 형무소에 있으며, 매일 사식이라도 넣어주러 형무소에 출입하고 있지만 내일부터는 그만둘 거라고 들려주었는데, 나는 어찌 된 사람인지 여자의 신세타령에는 조금도 관심이 없어서, 그건 여자의 말솜씨가 서투른 탓인지 아니면 얘기의 주제를 파악하지 못한 탓인지, 아무튼 나에겐 늘 쇠귀에 경 읽기였습니다.

외로워.

나란 사람은 여자가 늘어놓은 천 마디의 신세타령보다 그 담담히 내뱉는 한마디에 공감할 거라 기대하고 있었지만, 이 세상 여자들에게 결국엔 한 번도 그 한마디를 듣지 못했다는 점이 지금 생각해도 참으로 이상하고 신기할 따름입니다. 하지만 그 사람은 입으로는 '외로워'라 말하지 않

앉아도 소리 없이 사무치는 외로움을 몸 밖으로 겹겹이 뿜어내고 있어서, 그 사람 곁에 있으면 이쪽의 몸뚱이도 그 기운에 휘말려 내가 갖고 있던 불안함에서 오는 음침한 기운도 녹아들어, 마치 '물속 바위 위에 내려앉은 마른 잎'처럼 내 몸은 공포에서, 불안에서 멀어질 수 있었습니다.

백치 같은 매춘부들의 품속에서 안심하고 깊이 잠들던 것과는 달리(일단 그 매춘부들은 무척이나 활달했습니다) 사기죄로 잡힌 범인의 아내와 보낸 하룻밤은, 행복한(이런 거창한 말을 조금도 주저하지 않고 기꺼이 사용하는 일은 내가 쓰는 이 수기 전편에 걸쳐 다시 없을 겁니다) 해방감을 맛본 밤이었습니다.

그러나 단 하룻밤으로 끝났습니다. 아침에 눈을 뜨자마자 벌떡 일어난 나는 또다시 경박하고 가식적인 '우스운 배우'로 되돌아온 나 자신을 발견했습니다. 겁쟁이는 행복조차 두려워하는 법입니다. 목화솜에도 상처를 입습니다. 행복에 상처 입을 수도 있는 겁니다. 상처받기 전에 빨리, 이대로 헤어지고 싶다는 초조감에서 예의 '우스운 행동'으로 연막을 친 겁니다.

"돈이 떨어지면 연緣도 떨어진다는 말은 말이야, 그건 거꾸로 해석해야 해. 돈이 없어지면 여자에게 버림받는다는 의미가 아니라고. 돈이 떨어지면 남자는 스스로 의기소침해져서 영 구실을 못 하게 되고, 웃음소리에도 힘이 없고, 이상하게 속이 배배 꼬여서는 결국 스스로 무덤을 파서는 말이야, 남자 쪽에서 먼저 여자를 차버린다, 절반은 정신이 돌아서 차버리고, 또 차버리고, 다 차버린다는 말이지,《가네자와 대사전》에서 말이야, 안됐지만, 나도 그런 심정을 이해하겠는걸."

확실히 그런 바보 같은 얘길 지껄여서 츠네코를 깔깔대게 만든 기억이 있습니다. 밑이 질기면 못쓴다, 나쁜 일이 생길 우려가 있다고 생각해서 세수도 못하고 서둘러 그 방을 빠져나왔는데, 그때 내가 '돈이 떨어지면 연도 떨어진다'고 내뱉은 시답잖은 말이 훗날 예기치 못한 사건의 씨앗이 됐습니다.

그 후로 한 달간, 그날 밤의 은인과는 만나지 않았습니다. 헤어진 후 날이 갈수록 그날 밤 맛보았던 기쁨은 점차 엷어지고, 오히려 하룻밤의 은혜가 너무나 두렵게 다가와, 나 혼자 지레 얽매였다는 생각에 휩싸이게 됐고, 또 그 카페의 청구서를 그때 전부 츠네코에게 지불하도록 한 자잘한 일조차 신경 쓰이기 시작해서, 츠네코 역시 하숙집 딸이나 여자사범대생과 마찬가지로 날 위협하기만 하는 여자처럼 여겨져, 멀리 떨어져 있어도 늘 츠네코에게 겁을 먹었고, 게다가 나는 함께 밤을 보낸 여자를 다시 만나면 갑자기 그 상대가 불같이 화를 낼 거라는 두려움으로, 과거 여자들을 다시 만나는 걸 극도로 꺼렸기 때문에, 마침내 긴자에는 발길을 끊게 됐는데, 나의 그 움츠린 성향은 결코 교활함에서 비롯된 게 아니라, 여성이란 존재는 즐기고 난 후와 다음 날 눈 뜬 이후에 먼지 한 톨만큼의 미련도 없이, 완전한 망각처럼 완벽하게 분리된 두 세계에 사는 묘한 존재라는 걸, 그 당시에도 제대로 깨닫지 못했기 때문입니다.

11월 말, 나는 호리키와 간다의 포장마차에서 싸구려 술을 마셨는데, 이 딱한 친구는 포장마차에서 나와서도 자꾸만 어디 가서 또 한잔하자고 졸라댔습니다. 이미 우리에게는 돈이 다 떨어지고 없었는데도 말이죠. 그때 난 술김에 꽤 대담해졌는지도 모르겠습니다.

"좋아, 그렇다면 내 데려다주지. 놀라지 말아. 슈치니쿠린* 이라는……"

"카페?"

"그래."

"좋아, 가자구!"

이리하여 두 사람은 전차에 올라탔는데, 호리키는 한껏 달아올랐습니다.

"난 오늘 밤 여자한테 아주 주려 있단 말이야. 술집 아가씨들한테 키스해도 될까?"

나는 이전부터 호리키의 그런 추태가 마땅치 않았습니

---

* 주지육림酒池肉林. 호사스러운 술잔치를 일컫는 말

다. 호리키도 그 점을 알고 있었기 때문에 나를 슬쩍 떠본 것이지요.

"그래도 되나? 한번 해보자. 내 옆에 앉는 아가씨한테 키스해볼 테니까. 어때, 괜찮겠어?"

"맘대로 해."

"고마워! 난 여자에 아주 주려 있거든."

긴자 4가에서 내려 그 거창한 이름의 카페를 찾아갔습니다. 츠네코가 거기 있다는 걸 알고 있었기 때문에, 그녀만 믿고 난 호리키와 거의 무일푼으로 들어가 비어 있는 테이블에 마주 앉았습니다. 그러자 곧 츠네코와 또 한 명의 여종업원이 달려와 다른 아가씨가 내 옆에, 츠네코가 호리키 옆에 자리를 잡았습니다. 나는 흠칫 놀랐습니다. 츠네코는 이제 키스를 당할 거야.

그건 안타깝다는 느낌은 아니었습니다. 나는 원래 소유욕이 거의 없고, 또 만일 약간의 안타까운 느낌이 있었다 하더라도, 그 소유권을 당당히 주장하며 타인과 맞설 용기 같은 건 없었지요. 나는 훗날 내 내연의 처가 다른 사내에게 능욕당하는 걸 잠자코 바라만 본 적도 있는 사람입니다.

나는 인간사의 시시비비에는 가능한 한 개입하고 싶지 않았습니다. 그 불길 속에 휘말려 들어가는 게 두려웠습니다. 츠네코와 나는 단 하룻밤을 같이 보낸 사람들일 뿐입니다. 츠네코는 내 것이 아닙니다. 안타깝다는 따위의 분에 넘치는 감정은 내게 있을 수 없습니다. 하지만 난 순간 흠칫 했습니다.

내 눈앞에서 호리키에게 맹렬한 키스를 당할 츠네코의 신세가 애처로웠기 때문입니다. 호리키에게 더럽혀진 츠네코는 나와 헤어지겠지. 더구나 내게도 츠네코를 붙잡을 만한 정열은 없다. 아아, 이제 이것으로 정말 끝이구나. 츠네코의 불행에 흠칫 놀란 순간도 잠시, 나는 곧 맹물처럼 순순히 단념하고 호리키와 츠네코의 얼굴을 번갈아 쳐다보며 실실 웃었습니다.

그러나 그 자리의 상황은 뜻밖에 더 나쁜 쪽으로 전개됐습니다.

"관두자!"

호리키는 입을 실룩거리며 말했습니다.

"아무리 여자한테 환장한 나라도 이런 싸구려 냄새가 나는 여자한테는……"

호리키는 김샜다는 듯 입을 다물더니, 팔짱을 끼고 츠네코를 빤히 쳐다보며 쓴웃음을 지었습니다.

"술이나 줘, 돈은 없어."

난 작은 목소리로 츠네코에게 말했습니다. 그때야말로 정말 술독에 빠져 죽고 싶은 기분이었습니다. 이 세상에 살고 있는 속물들의 눈으로 보면, 츠네코는 술 취한 놈이 키스할 가치도 없는, 정말 초라하고 빈티 나는 여자였습니다. 의외라고 해야 할까, 상상도 못 했다고 해야 할까, 나는 벼락을 맞은 기분이었습니다. 나는 전에 없을 정도로 엄청나게 술을 마시고 또 마셔서, 완전히 취한 채 츠네코와 얼굴을 마주하고 서로 처량한 미소를 나누다가, 정말 그런 얘길 듣고 보니 이 사람은 너무 닳고 싸구려 냄새 나는 여자구나 하는 생각과 동시에, 가난한 자들끼리의 동질감(가진 자와 없는 자 사이의 불화는 고리타분한 소재이긴 해도 역시 드라마의 영원한 테마 중 하나라고 나는 지금도 생각합니다만)이 가슴속에서 울컥 솟아 츠네코가 사랑스러워 보였고, 난생처음 내 쪽에서 먼저 적극적으로, 미약하나마 가슴속에 사랑의 감정이 꿈틀댔습니다. 토했습니다. 인사불성이 돼버렸습니다. 술을 마시고 이렇게 나를 잃을 정도로 취한 것도 그때가 처음이었습니다.

눈을 뜨니 머리맡에 츠네코가 앉아 있었습니다. 난 그 혼쇼에 있는 목수 집 2층 방에 누워 있었습니다.

"돈이 떨어지면 연도 떨어진다느니 뭐니 해서 난 농담인 줄 알았더니 정말이었어? 어쩜 한 번도 발걸음을 안 해. 속 좁기는. 내가 먹여 살린대도 안 될까?"

"안 돼."

그러고 나서 여자도 잠이 들었고, 새벽녘에 처음으로 여자의 입에서 '죽음'이라는 말이 나왔을 때, 이 여자도 인간으로서 이 세상을 살기에 너무 지쳐 보였고, 나 또한 세상에 대한 공포와 불안, 돈, 조직의 운동, 여자들, 학업을 생각하면 더는 숨이 막혀 살 수 없을 것 같아, 그 사람의 제안에 순순히 동의했습니다.

하지만 그땐 아직 진심으로 '죽자'는 각오는 서지 않았습니다. 어느 정도의 '객기'도 포함되어 있었습니다.

그날 오전에 우리 둘은 아사쿠사 제6지구를 돌아다녔습니다. 찻집에 들어가서 우유를 마셨습니다.

"당신이 돈 좀 내."

그 말을 듣고 일어나 소맷자락에서 돈지갑을 꺼내 열어 보았더니, 그 안에 보이는 건 동전 세 닢. 수치스럽다기보다는 비참한 기분이 들었는데, 그 순간 뇌리를 스친 건 내가 묵던 센류칸, 교복과 이부자리만 덜렁 남아 있을 뿐, 그 밖에는 전당포에 맡겨 돈이 될 만한 물건도 하나 없는 휑한 방, 또 지금 내가 입고 있는 빗살 무늬 기모노 한 벌과 망토, 이것이 나의 현실이다, 이렇게는 살아갈 수 없다고 똑똑히 깨달았습니다.

내가 잠시 멍하니 서 있자, 여자도 옆에 가만 섰다가 내 지갑 안을 들여다보았습니다.

"어머나, 그게 다야?"

그 여자는 별 뜻 없이 뱉은 말이었지만 나는 뼈에 사무치도록 고통스러웠습니다. 처음으로 내가 연정을 느낀 사람의 목소리인 만큼 괴로웠던 겁니다. 그게 다든 저게 다든, 동전 세 닢은, 이건 돈도 아니었습니다. 그건 내가 지금까지 살면서 맛본 적 없는 묘한 굴욕이었습니다. 도저히 더는 이 땅에 발붙이고 살 수 없는 굴욕이었습니다. 말하자면, 그 당시 나는 아직도 부잣집 도령이라는 출신 성분에서 완전히 탈피하지 못한 거죠. 그때, 바로 그때 나는 진심으로 '죽자'고 결심했습니다.

그날 밤 우리 둘은 가마쿠라 근해에 뛰어들었습니다. 여자는 뛰어들기 전에 '이 오비*'는 술집 친구한테 빌린 거'라면서 오비를 풀어 곱게 접어서 바위 위에 얹어놓았고, 나도 망토를 벗어 같은 자리에 올려놓고는 함께 물속으로 몸을 던졌습니다.

여자는 죽었습니다. 그리고 나만 구조됐습니다.

내가 고등학생이었고 또 아버지의 지위도 있었기 때문에 꽤 뉴스거리가 됐는지, 신문에서 심각한 사회 문제로 취급한 모양이었습니다.

나는 바닷가에서 가까운 병원에 수용됐는데, 고향에서 친척 중 한 사람이 달려와서 여러 가지 뒷수습을 해주고, 고향에 계신 아버지를 비롯해 온 가족이 진노하고 있으니, 이 일로 생가와 의절하게 될지도 모른다고 통고하고는 돌아갔습니다. 그런 말을 들어도, 난 그보다 죽어버린 츠네코

---

* 기모노를 입고 허리에 매는 띠

가 보고 싶어서 훌쩍훌쩍 울기만 했습니다. 지금까지 살아오면서 만난 사람 중에 그 싸구려 냄새 나는 여자에게만 내 진심을 주었으니까.

하숙집 딸에게서 단가短歌를 50수나 뽑아서 적은 편지를 받았습니다. '살아줘'라는 이상한 가사로 시작되는 단가들만 50수나 말입니다. 또 내가 입원해 있던 병실로 간호사들이 밝게 웃으며 놀러 와 내 손을 꼭 쥐었다가 돌아가기도 했습니다.

내 왼쪽 폐에 이상이 있다는 게 그 병원에서 발견됐는데, 그것이 오히려 내겐 아주 좋은 방향으로 작용해, 나중에 자살 방조죄라는 죄목으로 병원에서 경찰서로 끌려가서도 경찰서에서는 날 환자 대우해주느라 보통 감방이 아닌 보호실에 수용했습니다.

한밤중에 보호실 옆 숙직실에서 밤 근무를 서던 나이 든 경찰이 보호실 문을 살짝 열고 "이봐" 하고 날 불렀습니다.

"춥지? 이리 와 불 좀 쫴라."

나는 일부러 비척거리면서 들어가 의자에 앉아 히바치를 쫴었습니다.

"죽은 여자 생각나지?"

"네."

한층 더 기어들어 가는 소리로 대답했습니다.

"그게 바로 인정이란 거야."

그는 점점 더 깊숙이 이야기를 파고들었습니다.

"제일 처음 여자와 잔 건 어디서냐?"

자기가 무슨 재판관인 양 점잔을 빼면서 물었습니다. 그는 나를 완전히 애송이로 얕잡아 보고, 깊은 가을밤에 마치 자신이 취조관이나 된 것처럼, 내게서 외설스러운 술회를 뽑아내려는 수작인 듯했습니다. 나는 곧 그의 의도를 눈치채고 웃음이 터져 나오는 걸 억지로 참았습니다. 그런 경찰의 '비공식적인 심문'에는 일절 대답하지 않아도 된다는 것쯤은 나도 알고 있었습니다. 하지만 깊어가는 가을밤 분위기를 맞춰주기 위해, 어디까지나 그 경찰은 취조관이며 형벌의 경중이 경찰에게 달렸다고 굳게 믿는 것처럼, 성심성의껏 그의 호기심을 만족시키기에 적당한 '진술'을 해주었습니다.

"음, 그만하면 대충 알겠다. 그렇게 뭐든지 솔직히 대답하면 우리 쪽에서도 관대히 처분할 거야."

"감사합니다. 모쪼록 잘 부탁드리겠습니다."

거의 신의 경지에 이른 연기였습니다. 하지만 그건 단지 분위기를 위한 연기였을 뿐, 내 신상을 위해서는 일말의 사심도 없었습니다.

날이 밝자 나는 서장에게 불려 나갔습니다. 이번에는 본격적인 취조였습니다.

문을 열고 서장실로 들어가자마자 그는 말했습니다.

"이봐, 넌 착한 남자야. 이건 네 잘못이 아니다. 이렇게 착하게 낳아준 네 어머니가 잘못이지."

피부가 거무튀튀한, 대학물을 먹은 듯한 느낌의 아직 젊어 보이는 서장이었습니다. 느닷없이 그런 소릴 들은 나는, 얼굴 절반이 붉은 반점으로 뒤덮인 흉측한 불구자라도 된 듯한 비참한 기분이 들었습니다.

무슨 유도 선수나 검도 선수 같은 서장의 취조는 정말이지 뒤끝 없이 시원시원하게 진행되어, 한밤중 집요하고 은근하게, 진한 이야기를 듣고자 물고 늘어졌던, 늙은 경찰의 취조와는 하늘과 땅 차이였습니다. 심문이 끝난 뒤 서장은 검사국에 보낼 서류를 정리하면서 말했습니다.

"앞으로 네 몸이나 좀 신경 써라. 그거 각혈한 거 아니냐?"

그날 아침 이상하게 기침이 나서 그때마다 손수건으로 입을 가렸는데, 그 손수건에 빨간 서리가 내린 듯 핏자국이 묻어 있었습니다. 하지만 그건 목구멍에서 나온 피가 아니라 전날 밤 귓속에 생긴 작은 종기를 문질러서 흘러나온 피였습니다. 그걸 굳이 밝히지 않고 놔두는 게 나중에 편리하게 작용할지도 모른다는 생각이 문득 들었기 때문에, 그냥 순순히 "네" 하고 눈을 내리깔며 대답해두었습니다. 서장은 서류 정리를 마치고 말했습니다.

"기소 여부는 검사님이 결정할 일이지만, 네 신원 보증인에게 전보를 치든가 전화를 걸어, 오늘 요코하마 검사국으로 오라고 부탁해두는 게 좋겠다. 누구든 있을 거 아니야. 네 보호자라든가 보증인이 될 사람 말이다."

아버지의 도쿄 별장에 드나들던 서화 골동품상 시부타, 우리 가족과 동향 사람으로, 아버지 비서처럼 잡일을 해주며 쫓아다니던 작달막한 몸집의 40대 독신남이 내가 고등학교에 입학할 때 보증인을 해준 게 떠올랐습니다. 그 남자의 얼굴이, 특히 그 눈매가 넙치를 닮았기 때문에 아버지는 늘 그 남자를 넙치라고 불렀고 나도 그렇게 부르는 게 익숙했습니다.

나는 경찰서에 비치된 전화번호부를 빌려 넙치의 집 전화번호를 찾아 전화를 걸고, 요코하마 검사국으로 와 달라고 부탁했습니다. 넙치는 아주 딴 사람처럼 점잔을 빼며 아무튼 그러겠다고 했습니다.

"여보게, 그 전화기 빨리 소독하는 게 좋겠네. 저 녀석 각혈했으니까."

내가 다시 보호실로 들어가고 나서 경찰에게 그렇게 지시하는 서장의 큰 목소리가 보호실에 앉아 있던 내 귀에까지 울렸습니다.

점심때가 지나서 나는 가는 삼노끈에 묶여, 그건 망토로 가릴 수 있었는데, 그 줄 끝을 젊은 경찰이 꼭 붙잡고 함께 전차를 타고 요코하마로 향했습니다.

하지만 나는 조금도 불안하지 않았고 그 경찰서의 보호

실과 늙은 경찰이 그립기까지 했습니다. 아아, 나는 왜 이 모양인지 죄인이 되어 결박당하자 오히려 마음이 놓이고 침착해져서, 그 당시의 추억을 글로 옮기려는 이 순간에도 정말이지 홀가분하고 유쾌한 기분이 듭니다.

하지만 당시의 그리운 추억 가운데에도 식은땀을 서 말이나 흘릴 만큼, 내 평생 잊지 못할 비참한 과실이 있었습니다. 나는 검사국의 어둠침침한 방에서 검사에게 간단한 취조를 받았습니다. 검사는 40세 전후의 아주 침착해 보이는(만약 사람들이 내 얼굴을 보고 미남이라고 하더라도 그건 사람을 홀리는 그런 미모였을 테지만, 그 검사의 얼굴은 올바르게 잘생긴 얼굴이라고도 할 만한 총명하고 단정한 분위기를 풍겼습니다) 남자로, 진득하고 자신 있게 보였기 때문에, 나도 아무런 경계 없이 얌전히 묻는 말에 진술을 했는데, 도중에 갑자기 기침이 터져 나와 소맷자락에서 얼른 손수건을 꺼내, 문득 그 핏자국을 보고, 이번에도 이 기침이 뭔가 도움이 되지 않을까 하는 교활한 마음이 들어 쿡쿡 두 번 정도 약간의 과장을 섞어 헛기침을 하고, 손수건으로 입을 가린 채 검사의 얼굴을 올려다보았습니다. 그 순간이었습니다.

"그거 진짜냐?"

너무도 침착한 미소였습니다. 식은땀이 주르륵, 아니, 지금 다시 떠올려봐도 쥐구멍이라도 있으면 들어가고 싶어집니다. 중학교 때, 바보 같은 다케이치가 던진 "일부러 그런 거야, 일부러"란 말에 뒤통수를 얻어맞고 지옥으로 굴러떨어졌던 순간보다 더 심한 충격이었다고 해도 과언은 아닐 겁니다. 그 사건이나 이번 사건이나 둘 다, 일생을 두고 해온 내 연기에 오점을 남긴 기록입니다. 검사에게 그런 침착한 모멸을 당하느니, 차라리 10년형을 언도받는 게 나았겠다고 생각한 적도 문득문득 있을 정도입니다.

　나는 기소유예 처분을 받았습니다. 하지만 전혀 기쁘지 않았고 세상사에 환멸을 느껴 검사국 빈방 의자에 앉아 보증인 넙치가 오기를 기다렸습니다.

　등 뒤의 높은 창 너머로, 저녁놀에 물든 하늘이 보이고 갈매기 한 마리가 '여자 녀女' 자 모양으로 날고 있었습니다.

세 번째 수기

1

다케이치가 한 예언 중에 하나는 들어맞았고, 하나는 빗나갔습니다. '홀릴 것'이라는 명예롭지 못한 예언은 적중했지만 반드시 위대한 화가가 될 거란 축복 담긴 예언은 빗나갔습니다.

나는 겨우 하잘것없는 잡지의 삼류 만화가가 되었을 뿐입니다.

가마쿠라 사건으로 고등학교에서 퇴학당하고 넙치의 집 2층에 있는 다다미 석 장*짜리 방에 머물렀고, 고향에서는 매달 극히 적은 돈을, 그것도 직접 내게 보낸 게 아니라 넙

---

* 다다미 한 장은 약 0.5평

치에게 보낸 모양이었는데(더구나 그것은 고향에 있는 형들이 아버지 몰래 보내는 듯했습니다) 그게 다여서 그 후로 고향 집과는 관계가 모두 끊겨버렸습니다. 게다가 넙치는 언제나 심기가 불편한 듯 내가 다정하게 웃어 보여도 아무런 반응도 보이지 않고, 인간이란 존재는 이렇게도 간단히, 정말이지 손바닥 뒤집듯 쉽게 변할 수도 있는 존재인가 싶은 생각에 야속한 마음이 들 만큼, 아니 오히려 우스울 정도로 전혀 다른 사람이 돼서 "외출하면 안 됩니다. 아무튼 외출은 삼가시오"라는 말만 되풀이했습니다.

넙치는 내가 또 자살을 시도할까 봐 감시하는 것처럼, 다시 말해서 여자 뒤꽁무니를 쫓아다니다가 또다시 바다에 뛰어들 위험이 있다고 보는지 나의 외출을 강력히 금지해놓았습니다. 하지만 술도 못 마시고, 담배도 못 피우고, 그저 아침부터 밤까지 2층 다다미 석 장짜리 방의 고타츠**에 기어들어 가 낡은 잡지 나부랭이나 읽으며 얼빠진 사람처럼 세월을 보내던 내겐 자살할 기력조차 사라져버렸습니다.

넙치의 집은 오쿠보의대 근처에 있었고, 서화 골동품상 청룡원이라고 써놓은 간판의 글씨만 거창했지, 그 1층에 있는 가게는 입구도 좁고 들어서면 먼지투성이인 데다, 별

** 일본의 좌식 난로. 이불을 덮을 수 있게 되어 있다.

대단찮아 보이는 물건들만 진열되어 있고(원래 넘치는 가게의 물건을 팔아 돈을 버는 게 아니라, 자기 집 단골손님이 보관하던 값나가는 물건을 다른 집 손님에게 넘길 때 중개 역할을 해, 그 수수료로 먹고사는 듯했습니다), 본인이 가게에 앉아 있는 경우는 거의 없이 대개 아침부터 심각한 얼굴을 하고 허둥지둥 나갔는데, 그러고 나면 가게는 열일고여덟 살 정도 되어 보이는 까까머리가 내 감시병이 되어 지켰습니다. 이 아이는 틈이 나면 동네 아이들과 밖에서 캐치볼 같은 걸 하다가도 2층 방에 있는 식객을 무슨 바보나 미치광이쯤으로 생각하는지 어른이 설교하듯 내게 잔소리를 늘어놓기도 했는데, 나는 원래 다른 사람과 말싸움은 전혀 안 되는 성격으로, 피곤한 척하기도 하고, 감동한 듯한 표정으로 귀를 기울이며 시키는 대로 따르기도 했습니다. 이 아이는 시부타의 숨겨둔 아들로, 거기에도 복잡한 사정이 있어서, 시부타는 부모와 자식 간임을 밝히지 않았고, 또 시부타가 계속 독신인 것도 뭔가 이 일과 연관이 있는 듯합니다만, 예전에 집안사람들이 그에 관해 하는 이야기를 좀 들은 것 같기는 한데, 당최 다른 사람에 관한 일에는 관심이 없었기 때문에 깊은 내막은 모릅니다. 하지만 그 아이의 눈매에도 생선의 눈을 연상케 하는 묘한 구석이 있었기 때문에, 정말 이 아이는 넙치의 숨겨둔 자식, ……하지만 그게 사실이라면, 그 두 사람은 참으로 외로운 부자지간입니다. 늦은 밤 2층에 있는 내겐 한마디

없이, 두 사람이 메밀국수 따위를 배달시켜 아무런 대화도 없이 먹는 일이 있습니다.

넙치의 집에서 식사는 언제나 그 아이가 준비했는데, 2층 식객의 식사만큼은 따로 소반에 얹어 하루에 세 번씩 방까지 들고 왔고, 넙치와 아이는 계단 밑 어둠침침한 좁은 마루에서 무얼 먹는지 달그락달그락 그릇 부딪치는 소릴 내면서 서둘러 식사를 끝냈습니다.

3월 말의 어느 저녁, 넙치는 생각지도 못한 큰 건수라도 잡았는지, 아니면 또 다른 계획이 잡혔는지(그 두 가지 추측이 모두 들어맞았다고 하더라도, 아마 그 외에 내가 짐작할 수도 없는 원인도 있었겠지만), 나를 아래층에 있는, 진귀한 술병까지 갖추어놓은 식탁으로 불러내려서는 넙치가 아닌 다랑어 회를 들이밀며 진수성찬의 주인이 저 혼자 감탄하면서 맛있다고 입에 침이 마르도록 주절거리더니, 멍하니 있던 식객에게도 술을 한잔 권하며 물었습니다.

"어쩔 셈이오, 앞으로 말이오."

나는 그 질문엔 아무 대답도 하지 않았습니다. 식탁 위에 있는 접시에서 멸치포를 하나 집어 들고, 그 조그만 생선들의 은빛 눈동자를 쳐다보고 있노라니 슬며시 취기가 돌면서 방탕하게 돌아다니던 시절이 그리워 호리키의 얼굴마저 보고 싶고, 끝내는 사무치도록 '자유'가 간절해지면서 갑자기 힘없이 눈물이 흘러나왔습니다.

나는 이 집에 들어온 다음부터는 '우스운 행동'을 연기할 맘도 들지 않았고, 그저 넙치와 아이의 멸시 속에 몸을 뉘었으며, 넙치 쪽에서도 나와 마음을 터놓고 길게 대화하기를 꺼리는 눈치였고, 나 또한 넙치의 꽁무니를 쫓아다니면서 무언가를 부탁할 마음은 없었기에 나는 거의 얼빠진 식객이 다 되었습니다.

"기소유예가 전과 초범이니, 몇 범이니 하는 그런 건 아닌 모양입디다. 그러니 이제 당신 마음먹기에 달린 거요. 만약 마음을 바로잡고 당신 쪽에서 먼저 진실로 내게 상담을 청해 오면 나도 생각해보지요."

넙치의 말투는, 아니 세상 사람들의 말투는 이런 식으로 복잡하게 꼬여서 어딘가 뚜렷하지 않고 탁한 구석이 있는데, 언제나 빠져나갈 구멍을 파놓고 있는 듯한, 미묘하고 복잡한 부분이 있어서, 거의 불필요한 경계와 수도 없이 이루어지는 술책과 흥정에 나는 언제나 너무 당황한 나머지 될 대로 되라는 식이 되어, 끝내는 '우스운 행동'으로 그 자리를 모면하거나 또는 아무 말 없이 상대의 의견을 수긍해 버려 모든 걸 네 뜻대로 하라는, 이른바 패배주의자의 태도를 취하게 됩니다.

이 시간에도 넙치가 내게 대충 다음과 같이 간단하게 말하면 그것으로 서로의 뜻을 쉽게 전달할 수 있었을 거라고 나는 훗날 생각했습니다. 넙치의 불필요한 경계, 아니 세상 사람들이 가진 이해하지 못할 허식, 의식적인 겉치레에 뭔가 구린 느낌이 들었습니다.

넙치는 그때 그저 이렇게 말하기만 하면 되는 거였습니다.

"국립이든 사립이든 이제 곧 4월*이니 학교에 들어가시오. 입학을 하면, 당신의 생활비는 고향에서 좀 더 여유 있게 보내기로 했습니다."

그 후로 한참 지나고서야 알게 된 일이지만 사실 얘기는 미리 그렇게 되어 있었습니다. 그랬으면 나도 그대로 따랐을 겁니다. 하지만 넙치가 나를 미리 경계하며 휘휘 돌려 말했기 때문에, 묘하게도 일이 꼬여 내 삶의 방향도 생각지 못한 곳으로 흘렀지요.

"진실하게 내게 상담을 요청할 생각이 없다면 도리가 없는 거지만."

"무슨 상담요?"

나는 정말 무슨 말을 하는지 몰라서 물은 겁니다.

"무언지는 당신 머릿속에 있겠죠."

"예를 들면요?"

"예를 들라니, 당신은 앞으로 어쩔 셈이냐구요."

"나가서 일이라도 하는 게 좋겠습니까?"

---

* 일본의 새 학기 시작 시기

"아니, 내 말은 당신 생각이 어떠냐는 겁니다."

"그렇다고 학교에 들어간다 해도……"

"그럼 돈이 필요하지요. 그러나 문제는 돈이 아니오. 당신의 각오가 문제지."

돈은 고향 집에서 부쳐주기로 했으니 걱정하지 말라고, 왜 그 한마디를 안 한 걸까요. 그 한마디만 들었어도 내 결심이 확실해질 수 있었을 텐데, 난 다시 안갯속을 헤매게 됐습니다.

"어때요, 장래 하고 싶은 일이라고나 할까, 뭔가 있습니까? 아무튼 끝까지 한 사람의 뒤를 봐주어야 하는 건 정말이지 너무나 힘든 일이지만 신세 지는 쪽은 그걸 모르니 말이야."

"죄송합니다."

"그게 사실, 걱정입니다. 나도 일단 당신의 보증인이 된 이상, 당신이 지금까지 해온 것처럼 그렇게 우유부단한 생활은 바라지 않는단 말이오. '훌륭히 새 삶의 길을 헤쳐나갈 것이다', 뭐 이런 각오를 보여 달란 말입니다. 예를 들면 당신의 장래 계획, 그런 것을 당신 쪽에서 진심으로 상담 요청해오면, 나도 그 상담에 성의껏 응하겠다 그겁니다. 어차피 이 모양으로 사는 가난뱅이 넙치가 주는 도움이니까, 예전에 살던 것처럼 그런 호사를 바란다면, 그건 영 글러 먹은 얘기고요. 당신이 제대로 정신을 차리고, 장래 계획을 확실히 세워서 내게 상담을 요청하면, 나는 비록 변변찮은 도움이라도 당신의 새로운 삶의 길을 위해 한몫하겠다는 생각까지 하고 있다는 말입니다. 내 말 알겠어요? 내 심정을 알겠냐구요. 도대체 당신은 이제부터 어찌 살아갈 생각이오?"

"이 집 2층에 더는 머물 수 없다면, 나가서 일해⋯⋯"

"진심으로 하는 말이오? 지금 그 말? 요즘 세상은 말입니다, 제아무리 제국대학을 나온 사람이라 해도⋯⋯"

"아니오, 월급쟁이가 되겠다는 말이 아닙니다."

"그럼 뭡니까?"

"화가가 될 겁니다."

그건 큰맘 먹고 한 말이었습니다.

"뭐?"

나는 그때 고개도 들지 못하고 쿡쿡 웃던 넙치의 얼굴에 서린 교활한 그림자를 죽을 때까지 잊을 수가 없습니다. 경멸하는 그림자이기도 하고, 아니 그것과 달리 이 세상을 바다에 비유하면, 그 끝도 보이지 않는 깊은 바닷속 구석구석에 숨어 있던, 그런 기묘한 그림자가 이리저리 흔들리는 모양으로, 뭔가 성인 생활의 깊은 구석을 빤히 훔쳐본 후에 나올 법한 그런 웃음이었습니다.

그런 말을 대답이라고 한다면 더 이상 얘기고 뭐고 없다, 전혀 각오가 서 있지 않아. 생각 좀 더 해보시오. 오늘 밤 곰

곰이 진지하게 생각해보라는 얘길 듣고 나는 쫓기듯이 2층으로 올라와 누워서 생각하려 해도, 딱히 아무 생각도 떠오르지 않았습니다. 그래서 새벽녘에 넙치의 집에서 도망쳤습니다.

저녁때까지 꼭 돌아오겠습니다. 여기 적힌 친구네 집에 장래 계획을 의논하러 다녀올 테니 걱정 마십시오. 정말입니다라고 메모지에 연필로 크게 써놓고 아사쿠사에 있는 호리키 마사오네 주소와 이름을 덧붙이고는 소리 없이 집에서 빠져나왔습니다.

넙치에게 설교를 들은 것이 야속해서 도망친 건 아닙니다. 어쩌면 난 넙치가 말한 대로 각오가 제대로 서 있지 않은 남자이며, 장래 계획도, 뭐도, 아무 생각이 없었고, 게다가 넙치의 집에 빌붙어 있는 건 넙치에게도 차마 못 할 짓이며, 또한 만일 내게 다시 한번 털고 일어나보자는 의지가 생겨 뜻을 세웠다 하더라도, 새 삶을 꾸릴 자금을 가난한 넙치에게 매달 원조를 받아야 하나, 생각하면 정말이지 숨이 막히고 괴로워 견딜 수 없었기 때문입니다.

그렇다고 내가 '장래 계획'을 호리키와 의논하려고 넙치의 집을 나선 것은 아닙니다. 그것은 단지 몇 시간만이라도 넙치를 안심시키고 싶었기 때문에(그가 안심하고 있는 동안에 조금이라도 멀리 도망쳐야겠다는, 탐정 소설에나 나오는 책략에서 그런 메모를 남겼다기보다, 아니 그런 의도가 전혀 없었다고는 할 수 없지만, 그보다는 갑자기 넙치에게 너무 큰 충격을 주고 그를 당황하게 만드는 것이 무서웠기 때문이라고 말하는 게 좀 더 정확할 것 같습니다. 어차피 들킬 게 뻔하더라도, 그렇게 말해두는 것이, 어떠한 핑계라도 붙여두는 것이, 내 애처로운 성향 가운데 하나로, 그건 세상 사람들이 '거짓말쟁이'라고 부르며 경멸하는 성격과도 비슷하지만, 나는 내 이익을 위해 그런 핑계를 둘러댄 적은 거의 없고, 단지 원만하던 분위기가 갑자기 돌변하는 게 질식할 정도로 무서워서, 나중엔 내게 불이익이 될 것을 알면서도 늘 해오던 '필사적인 서비스', 비록 일그러지고 미약한 바보짓이지만, 봉사한다는 기분으로, 결국엔 한마디라도 구실을 붙여놓는 경우가 많았다는 생각이 듭니다. 하지만 이 습관 또한 세상 사람들이 말하는 '정직한 사람'들 때문에 점점 더 빈번하게 부풀려지게 됐습니다) 그때 문득 기억의 밑바닥에서 떠오른 대로 호리키의 주소와 이름을 메모지 끝에 적어놓은 겁니다.

넙치의 집에서 나와 신주쿠까지 걷다가 가진 책들을 팔고 나자, 그때부턴 마땅히 갈 곳이 없었습니다. 나는 모든 사람에게 친절하고 붙임성이 있었던 반면에 '우정'이란 걸 한 번도 실감해본 적이 없고, 호리키 같은 놀이 친구는 별개로 치더라도, 모든 사람 사귀기는 그저 내게 고통을 느끼게 할 뿐이어서, 그 고통을 희석하기 위해 열심히 '우스운 행동'을 연기하고, 거기에 진이 빠져 겨우 안면을 익힌 사람의 얼굴을, 그가 아니라 그와 닮은 얼굴조차 길거리에서 발견하면, 기겁해 순간적으로 현기증을 일으킬 정도로 불쾌한 전율에 휩싸였기 때문에, 어찌 보면 난 다른 이에게 호감을 사는 법은 알고 있었어도, 다른 이를 사랑하는 능력은 결여된 것 같았습니다(더군다나 내겐 이 세상의 다른 인간들도 과연 '사랑'할 능력이 있는지 무척이나 의문입니다). 이런 내게 남들 다 있는 '친구' 따위가 생길 리는 없었지요. 그리고 또 하나 내겐 타인의 집을 '방문'하는 능력조차 없었습니다. 다른 사람의 집 문 앞에 서면 마치 《신곡》에 나오는 지옥의 문보다 더 으스스한 기분이 들고, 그 문 안에는 무서운 용처럼 비린내 나는 괴물이 우글거리고 있을 것 같은 공포를, 과장이 아닙니다, 온몸으로 느꼈습니다.

누구와도 교제가 없다. 그 어디도 방문할 수 없다.

호리키.

이야말로 말이 씨가 된 형국이었습니다. 그 메모지에 쓴 대로 나는 아사쿠사에 있는 호리키를 만나러 가기로 했습니다. 나는 지금까지 내 쪽에서 호리키의 집을 찾아간 적은 한 번도 없었으며, 거의 전보를 쳐서 호리키를 내가 있는 곳으로 불러냈는데, 이젠 그 전보 치는 데 드는 돈까지 신경이 쓰이고, 게다가 비참한 신세에서 비롯된 자괴감으로, 지레 전보를 치는 정도로는 호리키가 오지 않을지도 모른다는 생각이 들어, 무엇보다 내가 하기 싫어하는 남의 집 '방문'을 감행하기로 마음먹고는, 숨을 한 번 크게 들이쉬고 전차에 올라타, 이 세상천지에 나의 구원자라고는 오로지 호리키뿐인가 생각하니, 등줄기가 오싹해질 정도의 쓸쓸함이 뼛속 깊이 파고들었습니다.

호리키는 집에 있었습니다. 지저분한 골목 안쪽에 자리 잡은 2층집으로, 호리키는 2층의 다다미 여섯 장짜리 방 한 칸을 썼는데, 그 아래층에서는 호리키의 노부모와 젊은 직공, 이렇게 셋이서 게다*의 끈을 꿰매기도 하고 두들기기도 하면서 만들고 있었습니다.

호리키는 그날 도시 사람으로서 새로운 일면을 내게 보여주었습니다. 그건 속되게 말하면 깍쟁이 기질이었습니다. 시골 출신인 나는 기가 막혀 눈을 휘둥그레 뜰 정도로 냉정하고 교활한 에고이즘이었습니다. 그는 나처럼 그저 아무 생각 없이 떠돌아다니는 우유부단한 남자가 아니었습니다.

"너한텐 정말 질려버렸다. 아버님께서는 용서하겠다고 하시든? 아직이야?"

도망쳐 오는 길이라고는 말할 수 없었습니다.

나는 언제나 그랬듯이 거짓말을 했습니다. 호리키에게 곧 들통이 날 게 뻔한데도 난 그를 속였습니다.

"그야, 어떻게 되겠지."

---

* 일본 사람들이 신는 나막신

"이봐, 웃을 일이 아니야. 내 충고하겠는데, 어리석은 일은 이쯤에서 그만둬야지. 난 볼일이 좀 있어. 요즘 정신 못 차리게 바쁘거든."

"볼일이라고? 무슨 볼일인데?"

"어이, 이봐. 그 방석 실 좀 잡아 뜯지 마."

내가 이야기를 하면서 깔고 앉은 방석의 매듭인지 엮은 끈인지, 장식 술 같은 실뭉치 하나를 무의식적으로 조몰락조몰락하다가 잡아당긴 모양입니다. 호리키는 자기네 집 물건이라면 방석의 실오라기 하나라도 끔찍하게 아까운 듯, 민망한 기색도 없이 눈을 부릅뜨고 나를 몰아세웠습니다. 생각해보면 호리키는 지금까지 나와 돌아다니면서 무엇 하나 자기가 손해 본 건 없습니다.

호리키의 노모가 단팥죽 두 그릇을 쟁반에 받쳐 들고 들어왔습니다.

"어유, 이런 것까지."

호리키는 천하에 둘도 없는 효자인 양, 노모에게 감사하며 부자연스러울 정도로 공손하게 말했습니다.

"감사합니다. 단팥죽이에요? 이렇게까지 신경 쓰지 않으셔도 되는데. 볼일이 있어 곧 나가봐야 하거든요. 아, 아니요. 그래도 모처럼 우리 어머니의 자랑인 단팥죽을 가져오셨는데 그럼 안 되지. 잘 먹겠습니다. 너도 한 그릇 먹어봐, 어때? 우리 어머니가 손님 대접하신다고 손수 만들어주신

거야. 아이고 맛있어. 역시 어머니 솜씨는 알아드려야 해."

정말이지 '척'하는 게 아니라 진심으로 기쁘고 맛있다는 듯이 먹는 겁니다. 나도 좀 떠먹어보았는데, 물 냄새가 나고, 게다가 새알심을 먹어보았더니 이건 찰고무인지 뭔지 모를 정도였습니다. 결코 그 궁색함을 경멸해서 하는 얘기가 아닙니다(나는 그때 그 단팥죽이 맛없다고 생각하진 않았고, 노모의 배려도 충분히 고맙게 생각했습니다. 나는 궁색함을 두려워하는 해도, 경멸하진 않을 생각으로 삽니다). 단팥죽과 그 단팥죽을 보고 기뻐하는 호리키 때문에 나는 도시 사람들의 알뜰한 본성, 또한 공사를 구별하는, 도쿄 사람의 실체를 눈앞에서 확인하고, 아는 이든 모르는 이든 다를 바 없이 늘 인간 생활에서 도망치기만 하는, 어리숙한 나 혼자만 멀찍이 처져, 호리키에게서조차 버림받은 것 같은 기분에 어쩔 줄 몰라 하며, 옻칠이 벗겨진 단팥죽 젓가락을 쥐고서, 참을 수 없는 외로움을 느꼈다는 점을 적어두고 싶을 뿐입니다.

"미안한데 난 오늘 볼일이 좀 있어."

호리키는 일어나 상의를 입으며 말했습니다.

"안됐지만, 실례할게."

그때 호리키를 찾아온 여자가 있었고 내 신세도 그 순간 바뀌게 됐습니다.

호리키는 갑자기 활기를 띠며 말했습니다.

"아이고, 이거 미안합니다. 지금 말이죠, 제가 그쪽으로 찾아가 뵈려고 했는데, 여기 이 사람이 갑자기 찾아와서, 아니, 뭐 신경 쓰실 건 없습니다. 어서, 이쪽으로 올라오시죠."

호리키는 무척이나 당황한 듯, 내가 자리에서 일어나 그때까지 깔고 앉았던 방석을 뒤집어 내미는 걸 옆에 서 있다가 낚아채서, 다시 한번 뒤집어서 여자에게 권했습니다. 그 방에는 호리키가 깔고 앉았던 방석 외에 손님 방석이라고는 그거 한 장밖에 없었거든요.

여자는 키가 크고 후리후리했습니다. 방석은 옆으로 밀어놓고 방문 가까이에 앉았습니다.

나는 우두커니 앉아, 두 사람이 나누는 이야기를 들었습니다. 여자는 잡지사에서 나온 모양으로, 호리키에게 의뢰한 4컷 만화인지 뭔지를 받으러 온 것 같았습니다.

"급해져서요."

"다 됐습니다. 벌써 한참 전에 해놓았지요."

전보가 왔습니다.

호리키는 그걸 읽고 그때까지 들떠 있던 얼굴이 점점 험악해졌습니다.

"야, 너 이거 뭐야, 어떻게 된 거냐고."

그건 넙치에게서 온 전보였습니다.

"아무튼 어서 가봐라. 내가 집에까지 바래다주면 좋겠지만 지금 그럴 만한 여유가 없어. 가출한 주제에 그렇게 아무렇지도 않은 얼굴을 하고."

"댁이 어느 방향이세요?"

"오쿠보입니다."

엉겁결에 대답이 튀어나왔습니다.

"그러면 우리 회사 근처니까."

여자는 고슈 출신으로 스물여덟 살이었습니다. 다섯 살짜리 딸과 고엔지에 있는 아파트에 살고 있었습니다. 남편과 사별한 지 3년이 됐다고 했습니다.

"당신은 꽤 고생하면서 자란 사람 같아요. 눈치가 빠른 게. 가엾게도."

처음으로 여자 집에 얹혀사는 기둥서방 같은 생활이 시작됐습니다. 시즈코(그 여기자의 이름이었습니다)가 신주쿠에 있는 잡지사에 출근하고 나면 나와 시게코라는 다섯 살 난 딸, 둘이서 얌전히 집을 봤습니다. 내가 그 집에 들어오기 전까지 시게코는 엄마가 없을 때 아파트 관리인 방에서 놀곤 한 모양인데, '눈치 빠른' 아저씨가 놀이 상대로 나타나자 아주 기분이 좋은 것 같았습니다.

일주일 정도, 난 멍하니 그 집에 있었습니다. 아파트 창문 가까이에 있는 전깃줄에 야츠코다코* 하나가 걸려 있었는데, 봄의 먼지바람에 이리 찢기고 저리 찢겨 상처투성이였

---

* 에도 시대 사무라이 집안 하인의 모습을 본떠 만든 연

지만, 그래도 끈질기게 전깃줄에 매달려 떨어지지 않는 게 어찌 보면 꼭 바람결에 고개를 끄덕이는 것처럼 보여, 그걸 볼 때마다 입에는 쓴웃음이 흐르고 얼굴이 벌게져서 끝내는 악몽까지 꾸고 가위에 눌린 적도 있습니다.

"돈이 있었으면 좋겠어."

"······얼마나?"

"많이,······돈이 떨어지면 연도 떨어진다는 말은 참말이야."

"무슨 바보 같은 소리. 그런, 고리타분해······"

"그래? 하지만 당신은 몰라, 그런 마음. 이대로라면 난 도망칠지도 몰라."

"도대체 당신과 나 둘 중에 누가 가난하냔 말이야, 그리고 누가 도망을 친다고 그러는 거야. 정말 이상하네."

"내 힘으로 돈 벌어서 그 돈으로 술, 아니 담배 좀 사 피우고 싶어. 그림이라면 내가 호리키 같은 사람보다 훨씬 잘 그릴걸."

이렇게 말하는 동안 내 머릿속에서 떠오른 것은, 중학교 때 그린, 다케이치의 말을 빌리면 '도깨비' 같은 몇 장의 자화상이었습니다. 잃어버린 걸작. 이리저리 거처를 옮겨 다니는 도중에 잃어버렸습니다만, 그 그림들만큼은 정말이지 훌륭한 작품이었다는 생각이 들었습니다. 그 후 이것저것 그려봐도, 내 기억 속에 있는 작품들에는 영 미치지 못해서, 나는 늘 가슴 한구석이 뻥 뚫린 듯한, 애절한 상실감에 괴로워했습니다.

마시다 남은 압생트* 한 잔.

나는 그 영원히 치유되지 않을 것 같은 상실감을 이 말로 은근히 표현해봅니다. 그림 이야기가 나오면, 내 눈앞에 마시다 남은 압생트 한 잔이 아른거려서, 아아, 그 그림들을 이 사람에게 보여주고 싶다, 그래서 나의 재능을 믿게 하고 싶다는 생각에 초조해졌습니다.

"후후, 당신은 말이야, 심각한 표정으로 농담을 해서 더 귀여워."

농담이 아니다, 진심이란 말이야, 아아, 그 그림을 보여주고 싶어 하며 속으로 내내 조바심을 내다가 한순간 뚝, 미련을 버렸습니다.

"그래, 만화. 적어도 만화라면 호리키보다는 내가 훨씬 나을 거야."

거짓으로 우스운 말을 하는 게 오히려 진지하게 믿음이 갔습니다.

"그래 맞아. 나도 사실 놀랐어. 시게코한테 매일 그려주는 만화 있잖아, 감동적이라니까. 한번 해보지그래. 어때 생각 있어? 우리 회사 편집장한테 내가 부탁해줄 수 있어."

---

* 쑥 향을 넣은 술의 일종

그 잡지사는 아이들을 대상으로 한, 별로 유명하지도 않은 월간 잡지를 발행했습니다.

……당신을 보면 대부분의 여자들은 뭔가 해주고 싶어서 안달이야. ……언제나 수줍어하며 안절부절못하고, 그러면서도 한순간에 코미디언이 되어서는 재밌는 얘길 불쑥불쑥 해대고. ……가끔 혼자 우울해져서 밑으로 가라앉을 때도 있지만, 그런 모습이 훨씬 더 여자들의 마음을 흔들리게 만들거든.

시즈코가 그 외에도 여러 가지 소릴 해서 사람을 다독이며 추켜세워도, 그때의 기분이 바로 여자에게 빌붙어 사는 남자들의 더러운 특성이란 생각이 들면, 그 순간에 나는 다시 저 밑으로 가라앉게 되어 완전히 기운이 빠지고, 여자보다는 돈, 아무튼 시즈코에게서 벗어나 독립하고 싶다는 생각에, 머리를 짜내도 점점 더 시즈코에게 매달릴 수밖에 없이 망가져서는, 가출한 후의 뒷수습이든 뭐든 거의 전부 대장부 기질의 고슈 여자에게 신세만 지고, 그러면 그럴수록 시즈코 앞에서 그녀 말대로 '눈치를 슬슬 보는' 상태가 되었습니다.

시즈코의 주선으로 넙치, 호리키, 시즈코 세 사람 사이에 만남이 성사되었는데, 그 일을 계기로 나는 고향 집에서 완전히 쫓겨나 부모형제와 연을 끊게 되고 마침내 시즈코와 '대놓고' 동거했습니다. 또한 시즈코가 팔방으로 애써준 덕분에 내가 그린 만화도 의외로 돈이 되어, 그 돈으로 술도 사고 담배도 샀는데, 왠지 모를 초조함과 우울함은 나날이 더 심해졌습니다. 밑으로 가라앉고 또 가라앉다가, 시즈코의 잡지에 매달 연재되는 만화 〈킨타 씨와 오타 씨의 모험〉을 그리고 있으면 문득 고향 집이 생각나, 사무치는 외로움에 펜을 들 수 없을 지경이 되어 나도 몰래 눈물이 흐를 때도 있습니다.

그럴 때 나를 수렁에서 잡아 끌어주는 가느다란 끈은 시게코였습니다. 시게코는 그즈음에 나를 아무 거리낌 없이 '아빠'라고 불렀습니다.

"아빠, 기도를 하면 신께서 무슨 소원이든 들어주신대. 정말이야?"

나야말로 간절히 합장이라도 하고픈 심정이었습니다.

아아, 내게 냉철한 의지를 주십시오. 내게 '인간'의 본질이 무엇인지 가르쳐주십시오. 인간이면서 인간을 밀어젖힌다 해도 죄를 묻지 마시고 내게 분노의 마스크를 주십시오.

"응, 맞아. 시게코가 하는 말은 무엇이든 들어주시지만, 아빠 말은 안 들어주실지도 몰라."

나는 신조차 두려워했습니다. 신의 사랑은 믿지 못하고, 신이 내릴 벌만을 굳게 믿었습니다. 신앙. 그것은 단지 신의 채찍을 받기 위해, 심판대를 향하여 무릎 꿇는 일이라고만 생각했습니다. 지옥은 믿을 수 있어도 천국의 존재는 아무리 애써도 내겐 보이지 않았습니다.

"어째서 안 들어주시는데?"

"부모님 말씀을 거역했으니까."

"그래? 모두 아빠보고 아주 좋은 사람이라고 하던데."

그건 내가 그렇게 속이고 있으니까 그렇지. 이 아파트에 사는 사람들이 내게 호감을 가진 것은 나도 알아. 하지만 내가 얼마나 그 사람들을 두려워하고 있는지. 두려움에 떨면 떨수록 그 사람들은 날 좋아하고, 난 그들이 좋아해 주면 좋아해 줄수록 더 두려워하고, 이 모든 이들에게서 멀리 떨어져야만 살 수 있을 것 같은, 이 불행한 증상을 시게코에게 납득시키기는 거의 불가능했지요.

"시게코는 신께 뭘 빌었니?"

나는 자연스럽게 화제를 돌렸습니다.

"시게코는 말이야, 시게코의 진짜 아빠가 있었으면 좋겠어."

숨이 탁 막히고 눈앞이 가물가물해졌습니다. 적敵. 내가 시게코의 적이란 말인가, 시게코가 나의 적이란 말인가. 어쨌든 여기에도 날 위협하는 무시무시한 어른이 있었다, 타인, 속을 알 수 없는 타인, 비밀투성이인 타인, 시게코의 얼굴이 갑자기 내게 그렇게 다가왔습니다.

시게코만큼은 아니라고 생각했는데, 역시 이 아이도 '불시에 등에를 쳐 죽이는 소의 꼬리'를 가지고 있었습니다. 나는 그날 이후로 시게코 앞에서도 슬슬 눈치를 살피며 안절부절못하게 되었습니다.

"어이, 색마! 있나?"

호리키가 다시금 내가 있는 곳에 발걸음을 했습니다. 가출하여 찾아갔을 때, 그렇게도 날 외롭게 만들었던 그이건만, 그래도 난 거절하지 못하고 히죽거리며 맞이했습니다.

"자네가 그린 만화가 사람들에게 꽤 인기가 있다지? 뭣도 모르는 아마추어는 겁이 없어서 그런지 말이야. 하지만 자네, 잘 그리는 줄 착각하면 안 돼. 영 제대로 된 데생은 아니니까 말이야."

무슨 그림의 대가라도 되는 양 말을 합니다. 나의 그 '도깨비' 그림을 이 치에게 보이면 어떤 얼굴을 할까, 다시 내 머릿속에 맴도는 번민이 떠올랐습니다.

"와, 그런 말까지 해주다니, 이거 비명이 다 나오네."

호리키는 한층 더 우쭐했습니다.

"일시적인 처세술만으로는 언젠가 허점이 드러나니까."

처세. ……내게는 정말이지, 쓸쓸하게 웃을 수밖에 없는 말입니다. 내게 처세술이 있다니. 하지만 나처럼 인간을 두려워하고, 피하고, 또 속이며 살아가는 건, '긁어 부스럼 만들지 마라'는 옛 속담처럼 영리하고 교활한 처세담을 신봉하는 것과 마찬가지라는 말이 될까요, 아아, 인간은 서로 상대에 대해 아무것도 아는 게 없거나 완전히 잘못 알고 있으면서도, 세상에 둘도 없는 친구인 양 평생 자신이 착각하고 있다는 사실은 깨닫지 못하고, 상대가 죽으면 눈물 흘리며 조문 따위를 읊어대는 것 아닐까요.

호리키는 어차피(시즈코에게 부탁받고 마지못해 날 봐주는 게 틀림없지만) 내가 가출한 후, 뒤처리 담당 회의에 참석한 한 사람으로, 마치 이젠 내가 새 삶을 살게 된 데에 큰 은인 또는 월하빙인月下氷人이라도 된다는 듯이 행동하면서, 그럴듯한 얼굴로 내게 훈계조의 장광설을 늘어놓기도 하고, 어떨 때는 한밤중에 술에 취해 찾아와 자고 가기도 하고, 또 어떨 때는 5엔(언제나 5엔이었습니다)을 빌리러 왔다 가기도 했습니다.

"그런데 너 말이야, 여자 꼬시는 건 이쯤에서 그만둬야해. 더 이상은 세상이 가만 놔두지 않을 테니까."

세상이란 도대체 무얼 말하는 걸까요. 인간들의 집단을 말하는 걸까요. 어디에 그 세상이란 것의 실체가 있는 걸까요. 그 실체가 뭐가 됐든, 강하고 엄하고 무서운 것이라고만 생각하면서 지금까지 살아온 나였지만, 호리키에게 그런 소릴 듣고 나니 문득 "세상이란 건 널 두고 하는 말 아니냐?"라는 말이 턱 밑까지 치고 올라왔습니다. 하지만 호리키를 화나게 하는 게 싫어서 꾹 참았습니다.

'그런 짓은 세상이 용서치 않아.'

'세상이 아니라 네가 용서치 않는 거겠지.'

'그런 짓을 하면 세상에 큰일을 당한다.'

'세상이 아니야. 네가 그러고 싶은 거겠지.'

'당장에 세상에서 매장된다.'

'세상이 아니야. 날 매장하는 건 바로 너 아니냐?'

너는 네 안에 들어 있는 악마성, 괴기스러움, 악랄함, 능구렁이 같은 기만성, 요망함을 깨달아라! 갖가지 말이 가슴속에서 아우성을 쳤지만, 난 그저 얼굴에 배어나는 땀을 손수건으로 닦으며 "식은땀이 다 나네" 하고 웃기만 했습니다.

하지만 그날 이후부터 내게는 '세상이란 개인을 말하는 게 아닌가'라는 철학적인 관념이 생겼습니다.

그리고 세상이란 개인을 말하는 게 아닐까 생각하면서부터, 나는 지금까지보다 약간은 내 의지대로 행동할 수 있게 되었습니다. 시즈코의 말을 빌리면 나는 약간 제멋대로 행동하게 됐고 쭈뼛거리며 눈치만 살피지도 않게 됐습니다. 또한 호리키의 표현을 빌리자면 무척이나 구두쇠가 됐습니다. 마지막으로 시게코 말로는 시게코를 별로 귀여워하지 않게 됐습니다.

말없이, 웃지도 않고, 매일 시게코의 치다꺼리를 하면서 〈킨타 씨와 오타 씨의 모험〉이며, 〈천하태평 아버지〉의 확실한 아류작인 〈천하태평 스님〉, 〈성질 급한 핀〉 등 나 자신도 무슨 얘긴지 잘 모를 자포자기식 연재만화를 각 출판사의 주문(하나둘씩 시즈코 회사 외의 다른 출판사에서도 의뢰가 들어왔지만 모두 시즈코 회사보다 더 형편없는, 말하자면 삼류 출판사에서 들어오는 의뢰들뿐이었습니다)에 따라 정말이지 음침한 기분으로,

천천히(내 그림 속도는 실제로 꽤 느린 편이었습니다) 그렸습니다. 당장에 술값이 궁했기 때문에 그린 것이었고, 시즈코가 회사에서 돌아오면 곧바로 교대하듯 밖으로 튀어 나가, 고엔지 역 부근에 있는 포장마차나 스탠드바에서 값싸고 독한 술을 마셔 기분을 좀 띄우고는 아파트로 돌아왔습니다.

"보면 볼수록 이상한 얼굴이야. 당신 말이야, 천하태평 스님의 얼굴은 사실 당신 잠자는 얼굴에서 힌트를 얻은 거야."

"당신 잠자는 얼굴은 어떻고, 당신 얼마나 나이 들어 보이는지 알아? 사십 대 아저씨 같아."

"전부 당신 탓이야. 사람 진을 다 빼놓아서 그렇지. 물의 흐름과 사람의 일, 무엇을 끙끙거릴까. 그저 시냇가 버들인걸*."

"조용히 하고 빨리 잠이나 자. 아니면 밥 차려줄까?"

침착한 그녀는 이럴 때 좀처럼 날 상대해주지 않습니다.

"술이라면 마시지. 물의 흐름과 사람의 몸은, 사람의 흐름과 아니, 물의 흐름과 물의 몸은."

노래를 부르다 시즈코가 옷을 벗기는 대로 몸을 맡기고 시즈코의 가슴에 이마를 묻고 잠들어버리는 것이 내 일상이었습니다.

---

* 당시의 노래 가사

오늘도, 내일도 같은 일을 반복하고

어제와 다름없는 관례를 따르면 되지.

하루아침의 큰 영화를 피할 수만 있다면

자연스레 큰 슬픔도 널 찾지 않는 법.

갈 길을 가로막는 큰 바위를 만나면

두꺼비는 굽이 돌아 제 갈 길 간다네.

　우에다 빈**이 번역한 기 샤를 크로***의 이 시를 발견했
을 때 나는 남몰래 얼굴을 붉혔습니다.

　두꺼비.

　(그게 바로 나다. 세상이 용서할 것도 용서하지 않을 것도 없다. 매장할
것도 매장하지 않을 것도 없다. 나는 개보다, 고양이보다 열등한 동물이
다. 두꺼비. 어기적어기적 움직일 뿐이다.)

　내가 마셔대는 술의 양은 날이 갈수록 늘어갔습니다. 고
엔지 역 부근뿐만 아니라 신주쿠, 긴자까지 나가서 마시기
도 하고, 외박을 하는 날도 있었는데, '관례'를 따르지 않으
려고 바에서 난폭하게 행동하기도 하고 일방적으로 키스를
퍼붓기도 하다가, 결국엔 다시 그 자살 사건이 있기 전의, 아
니, 그때보다 훨씬 더 거칠고 방탕한 술꾼이 되어, 돈이 떨어

** 上田敏(1874~1916). 일본의 영문학자이자 시인
*** Guy-Charles Cros(1879~1956). 프랑스 시인

지면 시즈코의 옷가지를 들고 나오는 지경까지 됐습니다.

이 집에 들어와서 찢어진 야츠코다코를 보고 쓴웃음을 지은 지 1년 여가 지나 벚꽃의 새순이 돋아날 무렵, 나는 시즈코의 오비와 속옷 등을 몰래 가지고 나와 전당포에 가 돈으로 바꿔서 긴자에서 마시고, 이틀 연속 외박을 한 지 사흘째 되는 날 밤, 몸이 좋지 않아, 버릇대로 발소리를 죽이고 아파트의 시즈코 방문 앞에 다가섰는데, 안에서 시즈코와 시게코의 말소리가 새어 나왔습니다.

"왜 술을 마시는 거야?"

"아빠는, 술이 좋아서 마시는 건 아니야. 너무 착한 분이시니까, 그러니까……"

"착한 사람은 술을 마셔?"

"그렇지는 않지만……"

"틀림없이 아빤 깜짝 놀랄 거야."

"싫어하실지도 몰라. 어머, 이거 봐라. 상자에서 막 튀어나오네."

"성질 급한 편 같아."

"정말 그렇네."

시즈코의, 진심에서 우러나오는 행복한 웃음소리가 들렸습니다.

문을 조금 열고 안을 들여다보니, 하얀 새끼 토끼였습니다. 토끼가 방 안을 깡충깡충 뛰어다니고 모녀는 토끼 뒤를 쫓고 있었습니다.

(행복한 거야, 이 두 사람은. 나라는 바보가 이 두 사람 사이에 끼어들어 그들의 생을 망치고 있는 거야. 그 둘만의 가녀린 행복. 착한 모녀, 행복하길, 아아, 만약 신께서 나 같은 놈의 기도도 들어주신다면 딱 한 번, 내 평생 단 한 번이라도 좋으니 신께 빌고 싶다.)

나는 그 자리에 무릎 꿇고 두 손을 모으고픈 심정이었습니다. 살며시 문을 닫고 나는 다시 긴자로 향했고 그것을 마지막으로 그 아파트에는 다시 돌아가지 않았습니다.

그리고 교바시 근처의 스탠드바 2층에서 역시 기둥서방처럼 지내게 됐습니다.

세상. 나도 이제 어렴풋이 이해가 되는 듯한 기분이 들었습니다. 개인과 개인 사이의 싸움에서, 바로 그 자리의 싸움에서, 거기서 이기면 되고 **인간은 결코 인간에게 복종하지 않는 존재**로 노예조차 노예 나름의 비굴한 앙갚음을 하는 법이니 인간에겐 '단판 승부'에서 승리하는 것 외에는 생존해나갈 길이 없고, 대의명분 따위를 내걸고 이루고자 노력한 목표는 반드시 개인으로 귀결되고, 개인을 딛고 일어선 다음에도 다시 개인을 향하므로 세상의 불가사의는 개인의 불가사의고 대양은 세상이 아니라 개인을 말한다는 관념을 갖고 나니, 난 세상이라는 큰 바다의 환영을 두려워하는 버릇에서 약간은 해방되어, 이전만큼 이것저것 오만 가지 일에 걱정하는 일 없이, 눈앞에 닥친 필요에 따라 어느 정도는 뻔뻔스럽게 행동하는 법을 익히게 됐습니다.

고엔지에 있는 아파트를 버리고 교바시에 있는 스탠드바 마담을 찾았습니다.

"끝냈어요."

한마디면 충분합니다. 결국 '단판 승부'를 내고 그날 밤부터 난 다짜고짜 그 술집 2층에 머물게 됐는데, 그런데도 내가 두려워해온 '세상'은 내게 아무런 위협도 가하지 않았습니다. 그리고 나도 '세상'을 향해 아무런 변명을 하지 않았습니다. 마담이 이 정도로 나오면 그걸로 모든 일은 해결됐습니다.

나는 그 가게의 손님 같기도 했고 주인 같기도 했으며 잔심부름꾼 같기도 했고 주인의 친척뻘 되는 사람 같기도 해서, 다른 사람이 보면 도무지 정체를 알 수 없는 존재였을 텐데, 그럼에도 '세상'은 조금도 날 의심하지 않았고 그 가게의 단골손님들도 날 요우, 요우 하고 부르며 다정하게 대해주고 술잔을 들이대곤 했습니다.

나는 점차 세상을 경계하지 않게 됐습니다. 세상이란 그렇게 두려운 곳이 아니라고 생각하게 됐습니다. 다시 말해서 지금까지 내가 가진 공포감은 봄바람이 불면 백일해균이 수십만, 대중탕에 가면 눈을 멀게 하는 세균이 수십만, 이발소에 가면 탈모를 일으키는 세균이 수십만, 기차 손잡이에는 옴을 일으키는 벌레가 우글우글, 또 생선회, 설 구운

돼지고기나 쇠고기에는 조충의 유충이며 디스토마를 비롯한 세균들의 알이 반드시 숨어 있고, 또 어떤 경우 맨발로 걸으면 발바닥에 유리 조각이 박혀서 그 파편이 몸속을 돌고 돌아 눈동자를 뚫고 실명하게 만드는 경우도 있다는, 말하자면 '과학적 미신'에 늘 가슴 졸이는 것과 마찬가지였습니다. 확실히 수십만이나 되는 세균이 공기 중에 떠돌고 날음식 안에 잠복해 있는 건 '과학적'인 사실이겠죠. 하나 그와 동시에, 그 존재를 완전히 묵살하면, 그것은 나와는 일말의 연관도 없이 사라져버리는, '과학적 유령'에 불과하다는 점도 나는 알게 된 겁니다.

도시락통 안에 먹다 남긴 밥알 세 톨, 천만 명이 하루에 세 톨씩만 남겨도 그건 쌀 몇 섬을 낭비하는 꼴이라든지, 혹은 천만 명이 하루에 코 푸는 휴지 한 장씩만 절약하면 얼마만큼의 펄프를 아낄 수 있는가 하고 떠드는 '과학적 통계'를 나는 지금까지 너무나 심각하게 받아들여, 밥알 한 톨을 남길 때마다, 또 코를 풀 때마다 산더미 같은 쌀과 산더미 같은 펄프를 낭비하는 것처럼 괴로워하고, 나 자신이 지금 큰 죄를 저지르고 있다는 생각에 얼마나 암울한 기분이 들었는지 모릅니다. 하지만 그것이야말로 '과학의 허점', '통계의 허점', '수학의 허점'으로, 밥알 세 톨은 모두 모을 수 없을뿐더러, 곱셈 나눗셈의 응용문제로 봐도 참으로 원시적이고 질 낮은 테마여서, 마치 전등불이 없는 컴컴한 변소 구멍에 사람들이 몇 번마다 발을 빠뜨리는지, 또는 전차의 출입문과 플랫폼 사이에 승객 몇 명 중에 몇이 발을 빠뜨리는지, 그런 확률을 계산하는 것과 비슷할 정도로 어리석은 일로, 그것은 얼마든지 있을 수 있는 일이지만, 사실 변소의 구멍을 잘못 타고 넘어 다쳤다는 소리는 들어본 적이 없고, 그런 가설을 '과학적 사실'이라고 세뇌당해 완전한 귀결로 받아들이고 무서워한, 어제까지의 나를 가련하게 여기며 웃고 싶을 정도로, 나는 세상이란 것의 실체를 조금씩 조금씩 깨닫게 되었다는 말입니다.

그리 말해도, 역시 인간이란, 아직도 내겐 두려운 존재여서, 가게에 나가 손님과 만나는 것도 술을 한잔 들이켠 다음에야 가능한 일이었습니다. 무서운 일일수록 보고 싶다. 그럼에도 나는 매일 밤, 아무튼 가게에 나갔는데, 어린아이가 사실은 약간 무서워하는 조그만 동물을 오히려 힘을 주어 꽉 움켜쥐는 것처럼, 가게 손님들 앞에서 한껏 취해 같잖은 예술론을 떠벌이게까지 됐습니다.

만화가. 아아, 그러나 나는 커다란 영화도, 커다란 슬픔도 없는 무지렁이 만화가. 아무리 큰 슬픔이 나중에 날 덮친다 해도 좋으니, 엄청난 영화 한번 맛보기를 내심 안달하고는 있어도, 현재 나의 즐거움이란 손님들과 뜬구름 잡는 얘길 나누고, 손님이 따라주는 술을 받아 마시는 일일 뿐이었습니다.

교바시에 와서 이런 보잘것없는 생활을 벌써 1년 가까이 계속해오는 동안, 내 만화는 아이들 대상의 잡지뿐만 아니라 역전 가판대에서 팔리는 조잡하고 외설스러운 잡지에도 실리게 되어, 난 조시 이키타*라는 우습기 그지없는 필명으로 지저분한 알몸뚱이 그림 따위를 그리고, 거기에 대충《루바이야트》**의 시구를 적어 넣었습니다.

소용없는 기도 따윈 그만두면 어때.
눈물을 부르는 짓일랑 집어치워라.
자 한잔 들이켜자, 기분 좋은 생각만 하고
쓸데없는 걱정일랑 잊어버리자.

불안과 공포로 사람을 위협하는 무리는
스스로 만들어낸 중죄에 떨고
죽어나갈 목숨들의 복수에 대비하려
머릿속에서 끊임없이 살길을 찾아 계략을 짠다.

어젯밤 술이 가득, 내 마음은 기쁨으로 가득,
오늘 아침, 눈떠보니 황량한 세상,

---

* 발음상 정사情死, '살았다'라는 뜻
** 페르시아의 시인 오마르 하이얌이 쓴 4행시집. 영국 시인 에드워드 피츠제럴드가 번역하여 세계적으로 알려졌다.

하룻밤 사이에 뒤바뀌는
변덕스러운 이 마음이여,

재앙의 불씨 따위 걱정하지 마라.
멀리서 울리는 북소리처럼
그건 정체 모를 불안이다.
방귀 뀐 것까지 하나하나 죄가 된다면 헤어날 구멍은 없지.

정의는 인생의 지침이라고?
피로 얼룩진 전장에
암살자의 칼끝에
무슨 정의가 있단 말인가?

어디에 삶의 원리란 게 있단 말인가?
어떠한 지혜의 빛이 있단 말인가?
푸근하고도 두려운 건 바로 이 세상,
가냘픈 인간의 자식은 감당 못 할 짐을 등에 지고

해소할 길 없는 정욕의 씨를 잉태한 인간
선, 악, 죄, 벌, 저주만이 이 몸에
어찌할 바 몰라 그저 갈팡질팡 망설일 뿐,
억눌러 부술 힘도 의지도 받아들일 구석은 없네.

어디를 어찌 헤매고 돌아다녔나?

뭐야 비판, 검토, 재확인?

뭐라구 공허한 꿈을 실체 없는 환상을

얼씨구, 술을 잊었다고, 모두 어리석은 상념일 뿐이야,

이보게 어떤가, 이 끝도 없이 펼쳐진 창공을 보라,

이 안에 티끌 같은 점 하나 떠 있지 않나?

이 지구가 왜 자전하는지 알 수 있겠나,

자전, 공전, 반전도 다 자기 맘대로지,

발길 닿는 곳마다 지극한 힘을 느끼고

모든 나라 모든 민족에서

똑같은 인간성을 발견한다.

나는 이단자가 되려나.

다들 성경을 잘못 해석하고 있어

그렇지 않으면 상식도 지혜도 없는 거지.

산 몸뚱이에 기쁨을 금하고 술을 금하고

그래 좋아 무스타파, 나는 그런 것 정말 싫어.

하지만 그즈음 내게 술을 그만 마시라고 충고한 처녀가 하나 있었습니다.

"못써요, 매일 대낮부터 그렇게 취해 계시면요."

열일고여덟 살 난, 술집 맞은편 작은 담배 가겟집 딸이었습니다. 요시라고 부르는 피부가 희고 덧니가 난 아이였습니다. 내가 담배를 사러 갈 때마다 웃으며 그리 충고합니다.

"왜 안 되는데? 뭐가 잘못됐어? 어느 정도 술을 마시고, 인간의 자식이여, 증오를 불식시켜라, 증오를 잠재워라 하고 말이야, 옛날 페르시아의, 에이, 관두자. 슬픔에 겨운 마음에 희망을 불러오는 건 그저 약간의 취기를 주는 술 한잔이라 했다. 알겠나?"

"몰라."

"이런 녀석, 키스해줄게."

"해봐."

전혀 망설이는 기색 없이 아랫입술을 쭉 내밉니다.

"이런 이거 바보 아니야, 정조 관념이라곤……"

하지만 요시코의 표정에는 확실히 아무에게도 더럽혀지지 않은 처녀의 냄새가 배어 있었습니다.

해가 바뀌고 어느 추운 날 밤, 나는 술에 취한 채 담배를 사러 나갔다가, 담배 가게 앞에 있던 맨홀에 빠졌습니다. 요시, 요시, 나 좀 도와줘, 하고 소릴 치니 요시가 나와 나를 끌어내주고 오른팔에 난 상처에 약도 발라주었습니다. 그러고 나서 요시는 진지한 얼굴로 말했습니다.

"너무 많이 마신다고 했잖아요."

죽기는 겁나지 않았지만 상처 나고 피 흘리고 불구가 되는 것은 오히려 질색이었기 때문에, 요시에게 상처 난 팔을 맡기고선, 술을 이제 그만 끊을까 생각했습니다.

"끊을게. 내일부터 한 방울도 입에 대지 않을게."

"정말?"

"그래 꼭 끊는다. 내가 술 끊으면 요시, 나한테 시집올래?"

그러나 시집오겠냔 말은 농담이었습니다.

"모치."

모치란 '모치론*'의 줄임말이었습니다. 모보 또는 모가** 등 당시에는 여러 줄임말이 유행했지요.

"좋아, 손가락 걸자. 꼭 끊는다."

그리고 그다음 날, 나는 또 대낮부터 마셨습니다.

저녁때 비틀거리며 밖으로 나와 요시네 가게 앞에 섰습니다.

"요시, 미안해. 한잔했네."

"어머, 싫어. 취한 척이나 하고."

난 흠칫 놀랐습니다. 술이 확 깨는 기분이었습니다.

"아니, 정말이야. 정말 마셨다니까. 취한 척하는 게 아니라구."

---

* 물론勿論의 일본 발음
** 모던 보이, 모던 걸의 줄임말

"놀리지 마. 사람이 짓궂어."

내가 정말 술을 마셨다고는 전혀 의심하지 않았습니다.

"보면 알잖아. 오늘도 낮부터 마셨다니까. 용서해줘."

"연극, 잘하네."

"연극이 아니란 말이야, 이 바보야. 키스해줄게."

"해줘."

"아니, 아니, 난 그럴 자격이 없어. 너랑 결혼하는 것도 포기해야 해. 내 얼굴을 좀 봐. 빨갛지? 마셨다니까."

"그야 노을이 비쳐서 그런 거지. 거짓말하면 안 돼. 바로 어제 약속했는데, 마셨을 리가 없잖아. 손가락까지 걸고 맹세한걸. 술을 마셨다니, 거짓말, 거짓말, 거짓말."

어둠침침한 가게에 앉아 미소 짓고 있는 요시의 하얀 얼굴, 아아, 부정함이란 걸 모르는 버지니티는 소중하다. 나는 지금까지 나보다 어린 처녀와 자본 적이 없다. 결혼해서 아무리 큰 슬픔이 날 덮친다 해도 상관없다. 큰 영화를, 내 평생 단 한 번만이라도 좋아. 처녀성의 아름다움이란 어리석은 시인의 달콤한 환상에 불과하다고 생각했지만, 역시 그건 이 세상 속에 살아 존재하는 거였어. 이 아이와 결혼해 봄이 오면 둘이서 자전거를 타고 푸른 잎들이 소용돌이치는 숲을 보러 가야지. 나는 내 관념 속에 있던 그 '단판 승부'를 내기로 결심하고 그 꽃을 훔치는 데 주저하지 않았습니다.

그리고 우리들은 마침내 결혼했고, 그리하여 내가 얻은 영화는 그리 큰 것이 아니었지만 그 대가로 덮친 슬픔은 비참하다고 표현해도 모자랄 만큼 상상을 초월할 정도로 거대했습니다. 내게 '세상'은 역시나 정체를 알 수 없고 무서운 곳이었습니다. 결코 내 관념 속에 있던 '단판 승부'로 결정 나는, 하나부터 열까지 정답이 정해져 있는, 단순한 곳이 아니었습니다.

2

호리키와 나.

서로가 서로를 경멸하면서도 같이 지내고, 서로가 자신을 하찮은 존재로 취급하는, 그것이 이 세상에서 말하는 '교우交友'라는 것이라면, 나와 호리키의 관계도 '교우'였습니다.

나는 그 교바시에 있는 스탠드바의 마담이 보여준 의협심 덕분에(여자들의 의협심이라고 하면 그다지 자연스럽게 들리지 않지만, 적어도 대도시 출신의 남녀를 보면, 남자보다 여자 쪽에 의협심이라고 할 만한 게 확실히 있었습니다. 남자들은 대개 슬슬 눈치나 보고 겉모양만 번드르르하게 가장한, 결국엔 쩨쩨한 인간들이었습니다) 담배 가게의 요시코를 내연의 처로 맞이할 수가 있었고, 스미다강

가까운 츠키지에 세운 2층짜리 목조 건물 맨 끝 방을 빌려 둘이 살면서 술을 끊고 막 고정직으로 일하게 된, 만화 그리기에 몰두했으며, 저녁 식사 후엔 둘이서 영화를 보러 나갔다가 돌아오는 길엔 찻집에 들르기도 하고 또 화분을 사기도 했는데, 아니 그보다는 나를 진심으로 믿어주는 어린 새 신부의 이야기를 듣고, 몸짓을 바라보는 것이 내겐 즐거움이어서, 이런 생활이 아무 변화 없이 지속되면, 나는 이제야 점점 인간다운 인간이 될 수 있고, 그러면 비참한 최후를 맞을 결심을 하지 않고 살지 않을까 하는 달콤한 생각을 가슴속에 작은 불씨로 지피기 시작하던 바로 그때, 호리키가 다시 내 눈앞에 나타났습니다.

"어이, 색마! 뭐야, 이거 그래도 이젠 어느 정도 정신을 좀 차린 얼굴이 됐는걸. 오늘은 고엔지 마님의 말씀을 전하러 왔는데."

말을 꺼내다 말고 갑자기 목소리를 낮춰, 말없이 알아서 차를 준비하고 있는 요시코 쪽을 턱으로 가리키며 괜찮아? 하고 물었습니다.

"괜찮아. 무슨 말을 해도 상관없어."

나는 침착하게 대답했습니다.

사실 요시코는 신뢰의 화신이라고 할 정도로 나와 교바시의 술집 마담 사이는 물론이고, 내가 가마쿠라에서 일으킨 사건을 말해줘도, 츠네코와의 관계도 전혀 의심하지 않았습니다. 그건 내가 그럴듯하게 거짓말을 했기 때문이라 기보다, 때로는 있는 그대로 노골적인 표현을 썼는데도 요시코에겐 그것이 모두 농담으로밖에 들리지 않았던 모양입니다.

"여전히 콧대 높아서 마음에 안 들어. 별건 아니고, 가끔씩 고엔지에도 좀 놀러 오라고 전해 달래."

잊을 만하면 괴조怪鳥가 날개를 퍼덕이며 날아와, 기억 속의 아픈 상처를 날카로운 부리로 쪼아댑니다. 그러면 곧바로 과거에 저지른 죄와 수치스러운 기억이 생생하게 눈앞에 펼쳐져, 으악! 비명을 지르고 싶을 정도로 무서워, 가만 앉아 있을 수 없을 지경이 됩니다.

"한잔할까" 하니, "좋지" 하고 받습니다.

나와 호리키. 둘은 확실히 비슷합니다. 쌍둥이 같다는 생각이 들 때도 있습니다. 물론 이리저리 싸구려 술을 마시며 돌아다닐 때나 그런 것이지만, 아무튼 둘이 얼굴을 마주하면, 그 시간만큼은 똑같은 모습의, 똑같은 털이 난 개 두 마리로 변해, 눈 덮인 시가지를 경중거리고 다니는 상태가 됩니다.

그날 이후로, 우리들은 교우 관계를 재정립하게 되어, 교바시에 있던 작은 바에도 함께 가고, 마침내는 고엔지에 있는 시즈코의 아파트까지 찾아가 만취한 두 마리의 개가 밤을 보내고 오는 지경에 이르렀습니다.

잊히지도 않습니다. 아주 무더운 한여름 밤이었습니다.

호리키는 해가 질 무렵 구겨진 유카타를 입고 츠키지에 있는 내 집으로 찾아와서, 오늘 돈이 좀 필요해서 여름옷을 전당포에 맡겼는데, 노모가 그걸 알면 무척 곤란해진다, 그러기 전에 빨리 옷을 되찾아야겠으니 돈을 좀 빌려 달라고 했습니다. 그때 마침 내 수중에도 돈이 없었기 때문에, 평소에 하던 대로 요시코에게 그녀 옷을 전당포에 갖다 맡기고 돈을 좀 바꿔오라고 시켜서 그 돈을 호리키에게 빌려주고, 그러고도 돈이 약간 남아 남은 돈으로 요시코에게 소주를 사 오게 해서, 건물 옥상으로 올라가 스미다강에서 가끔씩 불어오는 시궁창 냄새가 밴 바람을 맞으며, 그야말로 쾨쾨한 여름밤 술상을 벌였습니다.

우리는 그때 희극 명사, 비극 명사 알아맞히기를 시작했습니다. 그것은 내가 만든 놀이로, 명사는 모두 남성 명사, 여성 명사, 중성 명사로 구별이 되는데, 그와 동시에 희극 명사, 비극 명사의 구별도 되어야 하고, 예를 들면 기선과 기차는 모두 비극 명사고, 전차와 버스는 둘 다 희극 명사인데, 왜 그렇게 구별되는가 그 이유를 모르는 자는 예술을 논할 자격이 없고, 희극에 비극 명사를 하나라도 포함시키는 극작가는 이미 그것만으로도 자격이 없다. 비극의 경우에도 마찬가지다. 이렇게 난 생각했습니다.

"준비됐나? 담배는?"

내가 먼저 묻습니다.

"트래*."

호리키가 잘라 말합니다.

"약은?"

"가루약? 아니면 알약?"

"주사."

"트래."

"그래? 호르몬 주사도 있는데."

"아니야, 주사 절대로 트래야. 바늘이 있잖아. 생각해봐, 당연히 트래지."

"좋아. 그렇다고 치자. 그런데 너, 약이나 의사는 말이야, 그게 의외로 코미**란 말이지. 죽음은?"

"코미, 목사도 스님도 마찬가지지."

"멋있어, 그리고 생生은 트래야."

"틀렸어. 그것도 코미야."

"아니, 그러면 이것저것 다 코미가 돼버리잖아. 그럼 말이야, 내가 하나 더 묻겠는데 만화가는? 아무래도 이건 코미라고는 못하겠지?"

"트래, 트래. 그거야말로 대비극 명사지!"

"뭐라구, 대비극은 바로 너지."

---

* 비극, tragedy의 줄임말
** 희극, comedy의 줄임말

이런 식으로 풍류랍시고 어설픈 말장난이 이어지다 보면, 어차피 다 시답잖은 소리지만, 그래도 우리는 그 놀이를 세계적인 살롱에서도 찾아볼 수 없는, 기막히게 재치 있는 놀이라 여기며 흥겨워했습니다.

그리고 또 한 가지 당시에 내가 만들어낸 놀이가 있습니다. 그것은 반대말 찾기였습니다. 흑의 앤터*는 백. 하지만 백의 앤터는 적赤, 적의 앤터는 흑 아닙니까?

"꽃의 앤터는?"

내가 묻자 호리키는 입술을 실룩대며 잠시 생각에 잠겼습니다.

"으음, 어디 보자, 가게츠花月라는 요릿집이 있었는데, 그래 맞아, 달이야."

"아니, 그건 앤터가 될 수 없어. 오히려 시너님**이라고 봐야지. 별과 제비꽃이란 것도 있는데 그건 시너님이잖아. 앤터가 아니라구."

"알았어. 그러면 말이야, ……벌이다."

"벌?"

"모란꽃에, ……개미라는 식인가?"

"뭐야, 그건 그림의 소재잖아. 속임수 쓰면 안 돼."

---

* 반대말, antonym의 줄임말
** 비슷한 말, synonym

"알았다! 꽃에 떼구름……"

"달에 떼구름이겠지."

"그래 맞아. 꽃에는 바람. 바람이다. 꽃의 앤터는 바람이라구."***

"에이, 시시해. 그건 나니와부시****에 나오는 가락이잖아. 너무 뻔해."

"아니, 비파다."

"그건 더 거리가 멀어. 꽃의 앤터는…… 아마 이 세상에서 가장 꽃답지 않은 것, 그걸 찾아야 해."

"그러니까, 그저, ……가만있어봐, 뭐야 그럼, 여잔가?"

"그럼 마지막으로 여자의 시너님은?"

"곱창."

"너는 도무지 시詩를 모르는구나. 그러면 곱창의 앤터는?"

"우유."

"그건 좀 재밌는 발상이네. 그럼 계속 그런 식으로 하나 더 하자. 수치. 수치의 앤터는?"

"수치를 모르는 놈, 유행 만화가 조시 이키타."

"호리키 마사오는?"

여기서부턴 두 사람의 얼굴에서 웃음기가 가시고 소주에

취했을 때나 느끼는, 그 특유의, 유리 조각이 머릿속에 가득
찬 듯한 음침한 기분이 들었습니다.

"시건방진 소리 하지 마. 난 아직 너처럼 포승줄에 묶여
끌려가는 치욕은 당한 적이 없는 놈이야."

가슴이 턱 막혔습니다. 호리키는 내심 나를 진정한 인간
으로 생각하지 않았던 겁니다. 나를 단지 죽어야 할 때 죽
지 못해 살아남은, 수치도 모르는 철면피, 이른바 '산송장'
으로밖엔 보지 않았고, 그러면서 자신의 쾌락을 위해 나를
이용할 수 있는 데까지 이용하는, 단지 그게 다인 '교우'였
다고 생각하니, 확실히 기분이 좋을 순 없었지만, 한편으로
생각하면 호리키가 나를 그리 보고 있는 것도 잘못은 아니
라는 생각이 들었습니다. 그리고 나는 옛날부터 인간 자격
이 없는 것 같은 아이였다, 역시 호리키에게조차 경멸당해
마땅한지도 모른다고 생각을 고쳐먹고는, 아무렇지도 않은
표정으로 말했습니다.

"죄. 죄의 앤터는 뭘까. 이건 좀 어려울 거야."

"법률."

호리키가 태연스레 그리 대답해서, 난 호리키의 얼굴을
다시 쳐다보았습니다. 근처 빌딩에서 깜박거리는 붉은 네
온 빛을 받아 호리키의 얼굴은 피도 눈물도 없는 형사처럼
아주 근엄하게 보였습니다. 정말 기가 막혔습니다.

"죄라는 건, 이봐, 그런 게 아니잖아."

죄의 반대말이 법률이라니! 하지만 세상 사람들은 모두 그런 식으로 간단하게 치부해버리고 사는지도 모릅니다. 형사가 없는 곳이야말로 죄가 꿈틀대고 있다고 말입니다.

"아니면 뭐야, 신인가? 너한텐 어딘지 모르게 사이비 교주 냄새가 풍긴단 말이야. 찜찜하게."

"그렇게 단순히 잘라 말하지 말고 조금 더 생각해보자. 이건 그래도 꽤 재밌는 테마 아니야? 이 테마에 대해 뭐라고 답하느냐에 따라 그 사람의 수준을 알 수 있을 것 같단 말이야."

"설마 무슨. ……죄의 앤터는 선. 선량한 시민. 다시 말해서 나 같은 사람이다."

"농담 그만하고. 하지만 선은 악의 앤터지. 죄의 앤터가 아니잖아."

"악과 죄가 다른 건가?"

"다르다고 생각해. 선악의 개념은 인간이 만들어낸 거야. 인간이 자기들 마음대로 만들어낸 도덕적인 말이지."

"집어치워. 그렇다면 뭐, 신이겠지. 신, 그래 신이 맞아. 신이라고 하면 틀림없을 거라구. 아, 배고프다."

"지금 밑에서 요시코가 누에콩을 찌고 있어."

"아, 그래? 고마워. 좋아하는 건데."

양손을 뒤통수에 대고 깍지를 끼고는 하늘을 보며 벌렁 드러누웠습니다.

"죄에 전혀 흥미가 없나 봐."

"그건 그래. 너처럼 난 죄인은 아니니까. 나는 난봉꾼이긴 하지만, 여자를 죽게 만들거나 여자들 등쳐먹거나 하진 않는다구."

죽게 만든 게 아니다, 등쳐먹은 것은 아니다, 이렇게 마음 속 어딘가에서 가늘지만 필사적인 저항이 일어나도, 다시, 그래, 나는 나쁜 놈이지 하고 곧 생각을 바꾸게 되는 이 오랜 습관.

나는 도무지 상대와 정면으로 맞서 논쟁을 벌일 수 없습니다. 소주를 마시면 찾아오는 음침한 취기 때문에 자꾸자꾸 기분이 험악해지는 것을 억지로 참으며, 거의 들릴 듯 말 듯하게 말했습니다.

"하지만, 감옥에 갇히는 일만 죄는 아니야. 죄의 앤터를 알면 죄가 뭔지 그 실체도 파악할 수 있을 것 같은데, ······ 신, ······구원, ······사랑, ······빛, ······하지만 신에게는 사탄 이란 앤터가 있고, 구원의 앤터는 고뇌일 거야, 그리고 사랑 에는 증오, 빛에는 어둠이란 앤터가 있잖아. 그리고 선에는 악, 죄와 기도, 죄와 후회, 죄와 고백, 죄와, ······아아, 모두 시녀님이다. 죄의 반대는 뭐야, 도대체."

"죄*의 반대는 꿀**이다. 꿀 같은 달콤함이야. 배가 고프

---

* 일본어로는 '쓰미'
** 일본어로는 '미쓰'

다. 뭐 먹을 것 좀 가져와."

"네가 갖고 오면 되잖아!"

태어나서 처음이라고도 할 만한, 분노에 찬 목소리가 튀어나왔습니다.

"좋아, 그럼 밑에 내려가서 요시코랑 둘이서 죄를 저지르고 오지. 백 번의 탁상공론이 한 번의 현장 실습만 하겠어? 죄의 앤터는, 꿀버무리, 아니 누에콩인가."

혀가 제대로 돌아가지 않을 정도로 취해 있었습니다.

"맘대로 해. 어디든지 꺼져버려."

"죄와 허기, 허기와 누에콩, 아니, 이건 비슷한 말인가?"

헛소리를 지껄이며 자리에서 일어납니다.

죄와 벌, 도스토옙스키. 문득 이 단어가 뇌리를 스쳐 흠칫 놀랐습니다. 만약 그 작가가 죄와 벌을 시너넘으로 생각하지 않고, 앤터의 의미로 사용한 거라면?

죄와 벌, 절대 상통할 수 없는 것, 얼음과 숯처럼 서로 용납할 수 없는 것, 죄와 벌을 반대말로 생각한 도스토옙스키의 민물 조류, 썩은 연못, 정글 속, ……아아, 이제야 알 것 같다, 아니, 아직, ……이런 생각들이 머릿속을 주마등처럼 스쳐 갈 때였습니다.

"야! 무슨 얼어 죽을 누에콩이야. 이리 와봐!"

호리키의 목소리도, 얼굴색도, 조금 전과는 전혀 달랐습니다. 호리키는 방금 비틀거리며 일어나서 밑으로 내려간

줄 알았는데, 곧바로 되돌아온 겁니다.

"뭐야."

전에 없이 살기를 띤 채 우리 두 사람은 옥상에서 2층으로 내려갔고, 2층에서 다시 아래층 내 방으로 내려가는 층계참에 호리키가 멈춰 섰습니다.

"저것 봐."

작은 목소리로 말하며 손가락으로 가리켰습니다.

내 방 위로 난 작은 창문이 열려 있고 그곳으로 방 안이 들여다보였습니다. 전등불 밑에 두 마리의 짐승이 엉겨 붙어 있었습니다.

눈앞이 어질어질해지면서, 이것 또한 인간의 모습이다, 이것 또한 인간이다, 놀랄 건 없다, 맹렬히 뛰는 심장 박동을 억누르며 속으로 중얼거리고, 요시코를 구해주는 것도 잊은 채 계단에 얼어붙어 서 있었습니다.

호리키는 헛기침 소릴 크게 냈습니다. 나는 혼자 도망치듯 다시 옥상으로 뛰어 올라와 벌렁 드러누워, 비를 머금은 여름 밤하늘을 올려다보았습니다. 그때 나를 덮친 감정은 분노도 아니었고, 혐오도 아니었으며, 슬픔도 아닌, 끔찍한 공포였습니다. 그것도 묘지에서 유령을 만났을 때 느낄 법한 공포가 아니라, 신사의 삼나무 숲에서 흰옷 입은 신체神體를 만났을 때 느낄지도 모를, 입도 꼼짝 못 하게 하는 고대의 맹렬한 공포감이었습니다. 내 머리카락이 허옇게 세기 시작한 건 그날 밤부터였고, 그날 밤 이후로 모든 것에 자신을 잃고, 또다시 타인을 경계하게 되어, 세상살이에 대한 일말의 기대, 기쁨, 타인과의 공감에서 영원히 멀어졌습니다. 사실 이것은 내 인생에서 결정적인 사건이었습니다. 나는 정면에서 날아온 한 방에 양미간이 갈라져, 그날 이후 이 깊은 상처는 어떤 인간이든 접근할 때마다 내게 고통을 주었습니다.

"동정은 하지만, 너도 이번 일로 조금은 깨달은 바가 있을 거야. 이제 난 두 번 다시 여긴 발걸음 하지 않겠어. 정말이지 이건 지옥이야. ……그래도 요시코는 용서해줘라. 너도 어차피 제대로 된 놈은 아니니까. 이만 실례할게."

거북한 장소에 오랫동안 앉아 있을 만큼 멍청한 호리키는 아니었습니다.

나는 일어나 혼자 소주를 마시고 그러고 나서 꺽꺽 소리내어 울었습니다. 울고 또 울고 언제까지라도 울 수 있었습니다.

어느 틈에 올라왔는지 등 뒤에 요시코가 누에콩을 산더미처럼 퍼 담은 쟁반을 들고 우두커니 서 있었습니다.

"아무 짓도 하지 않겠다고 해서……"

"됐어. 아무 말도 하지 마. 넌 사람을 경계할 줄 몰랐던 거야. 앉아. 콩이나 먹자."

나란히 앉아 콩을 먹었습니다. 아아, 신뢰는 죄인가. 요시코를 범한 남자는 내게 만화를 의뢰하고는 얼마 되지 않는 돈을 두고 가면서 거드름이나 피우는, 몸집이 왜소하고 나이는 서른댓 살 되어 보이는 장사치였습니다.

아니나 다를까 그 장사치는 그 후론 발길을 하지 않았습니다. 하지만 나는 어찌 된 일인지, 그 장사치에 대한 증오보다 처음 그 장면을 발견하자마자 그 자리에서 큰기침이든 뭐든 하지 않고 내게 뛰어 올라와 알려준, 호리키를 향한 증오와 분노가 잠 못 이루는 밤마다 가슴속에서 울컥 솟아올라 비명이 새어 나오곤 했습니다.

용서하고 말 것도 없습니다. 요시코는 단지 신뢰의 화신입니다. 사람을 경계할 줄 몰랐던 겁니다. 하지만 그래서 떠안은 비애.

신께 묻습니다. 신뢰는 죄인가요.

요시코의 몸이 더럽혀졌다는 것보다 요시코의 신뢰가 더럽혀졌다는 것이, 내게는 그 후로도 오랫동안 견딜 수 없는 고통의 씨앗이 됐습니다. 나같이 타인들 앞에서 벌벌 떨며 눈치나 보고 다른 사람을 신뢰하는 능력이 박살난 사람에게는, 요시코의 순진무구한 신뢰가 바로 초록 잎들의 소용돌이처럼 신선하게 보였습니다. 그것이 하룻밤에 더러운 똥물로 변해버린 겁니다. 보십시오. 요시코는 그날 밤부터 내 표정 하나하나까지 신경을 썼습니다.

"이봐" 하고 부르면 움찔해서 눈 둘 곳을 찾지 못합니다. 아무리 웃기려고 우스운 말을 해도 허둥지둥 쩔쩔매고 오

130

들오들 떨며 뜬금없이 내게 존댓말을 썼습니다.

과연 순진한 신뢰는 죄의 원천인가요.

나는 유부녀가 겁탈당한 이야기를 담은 책들을 여기저기 뒤져서 읽었습니다. 하지만 요시코만큼 비참하게 겁탈당한 여자는 또 없다고 생각했습니다. 도무지 이건, 말도 안 되는 소설도, 뭐도 아니었습니다. 그 왜소한 장사치와 요시코 사이에 손톱 끝만큼의 사랑 비슷한 감정이라도 있었다면, 내 기분은 오히려 이 정도까지는 되지 않았을 겁니다. 하지만 그저 어느 여름날 밤, 요시코가 그 사람 말을 곧이들었고, 그뿐이었는데도, 그 때문에 내 미간은 정수리부터 쪼개지는 소리가 나고, 머리카락이 세기 시작했으며, 요시코는 남은 평생 덜덜 떨면서 사람 눈치나 볼 수밖에 없게 된 겁니다. 대부분의 이야기는 부인의 '행위'를 남편이 용서할지의 여부에 초점을 맞췄는데, 나는 그게 그렇게 큰 문제가 아니라고 생각했습니다. 용서한다, 용서하지 않는다, 그런 권리라도 가진 남편은 그래도 행복한 것 아닐까. 도저히 용서할 수가 없다면 그렇게 소란 피울 것도 없이 부인과 깨끗이 이혼하고 새 신부를 맞이하면 어떨까. 그게 불가능하다면 그냥 '용서하고' 참는 것이다. 어찌 됐든 열쇠는 남편의 손에 쥐어져 있다. 이러한 생각조차 들었습니다. 결국, 이런 사건은 분명 남편에게 커다란 충격이 됐더라도, 그건 '충격'일 뿐 언제까지나 끝도 없이 밀려왔다 밀려가는 파도와 달리, 권리를 가진 남편의 분노로 어떻게든 처리할 수 있는 문제라는 생각이 들었습니다. 하지만 우리의 경우 남편에게는 아무런 권리도 없고, 생각하면 처음부터 끝까지 남편의 잘못이었다는 생각이 들어 화를 내기는커녕 잔소리 한마디 못하고, 또 부인은 그 타고난 보기 드문 미덕 때문에 겁탈당한 겁니다. 게다가 그 미덕은 남편이 늘 동경해온, 순진한 신뢰라는, 참을 수 없이 가련한 것이었습니다.

순진한 신뢰는 죄입니까?

유일하게 붙잡고 있던 미덕조차 의심으로 뒤덮여, 나는 이제 모든 게 어찌 돌아가는지 걷잡을 수 없는 상태가 되었고 오로지 알코올에만 의지하게 됐습니다. 내 얼굴은 흉악하게 변해갔고 아침부터 소주를 마셔 이가 하나둘씩 빠지고 만화도 거의 외설스러운 그림만 그렸습니다. 아니, 분명히 이야기하죠. 나는 그때부터 춘화를 그대로 본떠 그려 몰래 팔았습니다. 소주를 살 돈이 필요했으니까요. 늘 내게서 시선을 돌리고 조마조마해하는 요시코를 보면, 이 녀석은 그전부터 다른 사람을 전혀 경계할 줄 모르는 여자였으니 어쩌면 이런 일이 그 장사치와 한 번으로 끝난 게 아닐지도 몰라. 그렇다면 호리키는? 아니, 어쩌면 내가 모르는 다른 남자와도? 의심은 의심을 낳고, 그렇다고 다짜고짜 그걸 확인할 용기도 없어 불안과 공포에 몸부림치면서, 그저 술김에 겨우 비굴한 유도신문 비슷한 걸 덜덜 떨면서 시도해보고, 속으로 웃다 울다, 겉으로는 무조건 '우스운 행동'을 연기하고, 그런 다음 요시코에게 무시무시한 지옥의 애무를 가하다가, 쓰레기처럼 쓰러져 잠들었습니다.

그해가 끝나갈 무렵, 밤늦게 만취해 집에 돌아와 설탕물이 마시고 싶은데, 요시코는 잠든 것 같아서 나 혼자 부엌으로 들어가 뒤적이다 설탕통 뚜껑을 열어보았더니, 설탕은 들어 있지 않고 가늘고 긴 까만 상자 하나가 들어 있었습니다. 별생각 없이 손에 쥐고 상자 겉에 붙은 상표를 본 순간, 난 그 자리에 그대로 굳어버렸습니다. 그 상표는 손톱으로 긁어 반 이상이나 벗겨져 있었지만 영어로 쓴 부분이 남아 있어 나는 거기 쓴 글자를 분명히 읽을 수 있었습니다. DIAL.

다이얼. 나는 그 당시 오로지 소주에 절어 살았기 때문에 따로 수면제를 사용하지 않았습니다만, 이전부터 불면증을 달고 살아 시판되던 대부분의 수면제는 익히 알고 있었습니다. 다이얼이 들어 있는 상자 한 통은 이 정도 분량이면 치사량이 넘었습니다. 아직 상자 뚜껑은 뜯지 않았지만, 언젠가는 **털어 넣을 생각으로** 이런 곳에, 더구나 상표를 손톱으로 뜯어 감춰둔 게 분명합니다. 가엾게도, 이 아이는 영문자를 읽지 못했기 때문에, 손톱으로 절반 정도만 긁어버리면 아무도 모를 거라 생각한 거지요. (너한테는 죄가 없다.)

나는 소리를 내지 않고 컵에 물을 따르고 천천히 상자 뚜껑을 뜯어 전부 단숨에 입에 털어 넣고, 물을 천천히 마시고는 전등불을 끄고 그대로 잤습니다.

사흘 밤낮, 나는 죽은 듯이 잠들어 있었다고 합니다. 의사는 과실로 간주하고 경찰에 신고하는 걸 보류해주었다고 합니다. 정신이 들기 시작하면서, 제일 먼저 중얼거린 것은 집에 갈 거야라는 말이었다고 합니다. 집이란 어느 집을 말하는지, 당사자인 나도 잘 모르겠습니다만 아무튼 그리 말하고는 계속 울기만 했다고 합니다.

차츰 안개가 걷히고 보니, 머리맡에 넙치가 굉장히 불쾌한 표정으로 앉아 있었습니다.

"지난번에도 연말이었지. 정말 눈이 핑핑 돌 정도로 바빠 죽겠는데, 꼭 연말에 말이야, 이런 일을 벌이는 사람을 보면, 내가 정말이지 참을 수가 없어."

넙치의 말을 듣고 있던 사람은 교바시에 있는 바의 마담이었습니다.

"마담."

내가 불렀습니다.

"응, 뭐, 이제 정신이 좀 들어?"

내 얼굴 위로 마담은 웃는 낯을 드리우며 물었습니다.

나는 눈물을 뚝뚝 흘렸습니다.

"요시코와 헤어지게 해줘."

나도 모르게 이런 말을 했습니다.

마담은 자리에서 일어나 엷은 한숨을 내쉬었습니다.

그러고 나서 나는, 이 또한 실로 말도 안 되는 말이자, 뭐라 형용할 길이 없는 실언을 했습니다.

"나는 이제 여자가 없는 곳으로 갈 거야."

푸하하하, 제일 먼저 넙치가 큰 소리로 웃고 마담도 쿡쿡 웃기 시작해, 나는 여전히 눈물을 흘리면서도 멋쩍어 쓴웃음을 흘렸습니다.

"그래, 그러는 게 좋겠다."

넙치는 터지는 웃음을 주체하지 못하며 말했습니다.

"여자 없는 곳으로 가는 게 좋아. 여자가 있으면, 도대체가 안 돼. 여자가 없는 곳이라, 바람직한 결론이네그려."

여자가 없는 곳. 하지만 나의 바보 같은 잠꼬대는 훗날 처참하게 실현됐습니다.

요시코는, 내가 자기를 대신해서 독을 마셨다고 착각했는지, 예전보다 훨씬 더 내 눈치를 보고 안절부절못하면서, 내가 무슨 말을 해도 웃지 않고 제대로 대꾸도 못 하는 지경이 되어, 나도 아파트 방 안에 있는 게 견딜 수 없어 결국 밖으로 나와 변함없이 싸구려 술을 들이켰습니다. 하지만 그 다이얼 사건 이후, 나는 눈에 띄게 몸이 축나고 손과 발이 흐느적거려 만화조차 제대로 그리지 못하게 됐는데, 넙치가 그때 문병이라고 와서 두고 간 돈(넙치는 그것을 시부타의 마음입니다 하고 말해 끝까지 자기가 주는 돈처럼 들이밀었지만, 그것도 고향에 있는 형들의 돈 같았습니다. 나도 그즈음에는 넙치의 집에서 도망쳐 나왔을 당시와는 달리 그의 베푸는 척하는 연기를, 겉으로 티는 내지 않았지만 꿰뚫어 봤기 때문에, 내 쪽에서도 교묘히 아무것도 모르는 척 인사는 했지만, 넙치 같은 사람들은 왜 복잡하게 겉 다르고 속 다르게 행동하는지, 알다가도 모르겠고 도무지 내겐 이상한 기분만 들었습니다)으로 큰맘 먹고, 나 혼자서 미나미이즈에 있는 온천에 가보기도 했습니다. 하지만 난 아무래도 그런 여유작작한 온천 관광 따위를 할 수 있는 성질이 못 되고, 요시코를 생각하면 못 견디게 외로워, 여관방에 앉아 먼 산을 바라보며 풍치를 즐기는, 그런 여유 있는 마음과도 거리가 멀어져서, 도데라*로 갈아입지도 않고 온천에도 들어가지 않은 채, 밖으로 뛰쳐나와 칙칙한 찻집에 들어가서, 소주를 그야말로 들이붓듯 마시고 몸은 더 엉망이 되어 도쿄로 돌아왔습니다.

도쿄에 큰 눈이 온 밤이었습니다. 나는 술에 취해 긴자의 뒷골목을, 여기는 내 고향에서 몇백 리, 여기는 내 고향에서 몇백 리, 하고 작은 소리로 되풀이해 노래를 부르며, 끝도 없이 쌓여갈 것만 같은 눈을 구둣발로 걷어차며 걷다가, 갑자기 구토를 했습니다. 나의 첫 각혈이었습니다. 눈 위에 커다란 일장기가 그려졌습니다. 나는 잠시 웅크렸다가는, 아

---

* 소매가 넓은 솜옷으로, 겨울철 실내복이나 잠옷으로 입는다.

직 아무도 밟지 않은 눈을 양손으로 퍼 올려 얼굴을 닦으며 울었습니다.

여긴 어느 골목이지?

여긴 어느 골목이지?

가녀린 여자아이의 노랫소리가 환청인 양 멀리서 어렴풋이 들려옵니다. 불행. 이 세상에는 여러 불행한 사람들이 아니, 불행한 사람들만 존재합니다. 그리 말해도 과언은 아닐 겁니다. 하지만 그 사람들의 불행은 세상에 당당히 항의할 수 있고, 또 '세상'도 그 사람들의 항의를 쉽게 이해하고 동정합니다. 그러나 나의 불행은 모두 나 자신의 죄악에서 비롯되어서 어느 누구에게도 항의할 길이 없고, 또 입에 담고 한마디라도 항의조로 말할라치면, 넙치를 비롯한 세상 사람들 전부가, 이제 봤더니 저런 말도 할 줄 아는 놈이었네 하고 놀라 자빠질 게 뻔하니, 나는 도대체가 여태 들어온 대로 '제멋대로'인 인간일까요, 아니면 그와 정반대로 너무 나약한 걸까요. 나 자신도 분간할 수 없지만, 아무튼 난 죄악의 덩어리 같은 놈으로, 끝이 있다면 끝까지 점점 더 불행 속으로 깊이 빠져들기만 해 멈출 재간이 없었습니다.

나는 자리에서 일어나서 우선 뭔가 적당한 약이라도 먹어야겠다 생각하고, 근처 약국으로 들어가 그곳에 있던 아주머니와 얼굴을 마주했습니다. 순간, 아주머니는 벼락이라도 맞은 것처럼 고개를 쳐들고 눈을 동그랗게 뜨며, 장승

이 되어 그 자리에 섰습니다. 하지만 그 휘둥그레진 눈에는 경악의 빛도, 혐오의 빛도 아닌, 거의 구원을 요청하는 듯한 연민의 빛이 어려 있었습니다. 아아, 이 사람도 틀림없이 불행한 사람이다. 불행한 사람은 타인의 불행에도 민감한 법이니까. 이렇게 생각했을 때 갑자기 그 아주머니가 지팡이를 짚고 서 있는 게 눈에 들어왔습니다. 당장 달려가 부축하고 싶은 마음을 억누르며, 아주머니와 얼굴을 마주하고 있는 동안 눈물이 흘러나왔습니다. 그러자 아주머니의 커다란 눈에서도 눈물이 뚝뚝 떨어졌습니다.

그냥 그렇게 한마디도 하지 않고 나는 그 약국에서 걸어 나와 비틀거리며 아파트로 돌아와, 요시코에게 소금물을 만들어 달라고 해서 마시고는 그대로 잠들었습니다. 다음 날도 감기 기운이 있다고 거짓말을 하고 하루 종일 누워 있다가, 밤이 되자 내 비밀인 각혈이 아무래도 불안해 견딜 수가 없어 털고 일어나 그 약국으로 갔습니다. 이번엔 웃으면서 아주머니에게 아주 솔직히, 이제까지 내 몸 상태를 고백하고 상담했습니다.

"술을 끊어야 해요."

우리는 육체를 떠나 살 순 없는 모양입니다.

"알코올 중독이 됐나 봐요. 지금도 마시고 싶어요."

"안 돼요. 제 남편도 결핵에 걸려서는, 균들을 술로 죽이겠다나 뭐라나 하면서 매일 술을 퍼마시더니 스스로 명을

재촉했지요."

"불안해서 못 살겠어요. 무서워서 못 견디겠어요."

"약을 드릴게요. 술은 절대 안 돼요."

아주머니(아들 하나를 둔 과부로, 아들은 치바인지 어딘지 의대에 들어갔는데, 얼마 안 돼 아버지와 같은 병에 걸려 지금은 휴학하고 입원 중이며, 집에는 중풍 맞은 시아버지가 누워 있고, 본인은 다섯 살 때 소아마비에 걸려 한쪽 다리를 전혀 쓰지 못하는 사람이었습니다)는 지팡이를 딸깍딸깍 짚으면서, 나를 위해 저쪽 선반 이쪽 서랍에서 여러 가지 약을 꺼내 챙겨주었습니다.

이건 조혈제.

이건 비타민 주사제. 주사기는 여기.

이건 칼슘 정제. 또 이건 위장을 보호해야 하니까 디아스타아제.

이건, 뭐. 이건, 뭐. 하면서 대여섯 가지 약품에 대해 조용조용 애정을 담아 설명해주었는데, 이 불행한 아주머니의 애정도 또한 내게 너무 깊은 것이었습니다. 마지막으로 아주머니가 이건 아무리 애써도, 아무리 참아도, 술이 마시고 싶어 못 견디게 되면 쓰는 약이라며 서둘러 종이에 싸준 작은 상자.

모르핀 주사제였습니다.

술보다는 해롭지 않을 거라고 한 아주머니의 말이 있었고, 그 아주머니를 굳게 신뢰한 데다가, 또 하나 취기가 주는 불쾌감도 경험했고, 오래간만에 알코올이라는 사탄에게서 벗어날 수 있겠다는 희망에, 나는 주저 없이 내 팔뚝에 모르핀을 주사했습니다. 불안, 초조, 부끄러움도 깨끗이 사라지고 나는 아주 활달한 달변가가 되었습니다. 그리고 그 주사를 맞으면 난 내 몸 상태도 잊어버리고 만화 그리는 일에 힘이 나, 나 자신이 그린 그림을 보고 내가 박장대소하는 묘한 현상도 생겼습니다.

하루에 한 대만 맞을 생각이었는데, 두 대가 되고 네 대가 되었을 즈음에 나는 이제 모르핀이 없으면 일도 할 수 없는 상태가 됐습니다.

"그러면 못써요. 중독이 되면 정말 큰일이에요."

약국집 아주머니가 그리 말하면, 나는 완전히 중독 환자가 된 것 같은 생각이 들어(나는 다른 사람의 암시에 정말이지 쉽게 걸려드는 경향이 있습니다. 이 돈을 쓰면 안 된다거나 다 너를 위한 거지만 말이야라는 말을 들으면, 왠지 다 써버리지 않으면 오히려 내게 안 좋은 일이 생길 것 같은, 써야 뭔가 좋을 것 같은 묘한 기대감이 생기고 이상한 착각이 들어, 곧바로 그 돈을 써버리고 말았습니다) 중독될지도 모른다는 불안감 때문에 오히려 약을 더 많이 손에 넣으려 했습니다.

"부탁해요! 딱 한 상자만 주세요. 돈은 월말에 꼭 드릴 테니까요."

"돈이야 언제라도 상관없지만요, 경찰들이 귀찮게 굴거

든요."

아아, 내 주위에는 여태까지도 탁하고 어두운, 미심쩍은 음지의 인간 냄새가 떠돌았습니다.

"그건 말이죠, 어떻게든 좀 둘러대주시고, 제발 부탁드려요. 네, 아주머니, 키스해줄게요."

아주머니는 얼굴을 붉힙니다.

나는 점점 더 집요하게 매달렸습니다.

"약이 없으면 일이 조금도 진척이 안 된다구요. 내겐 그것이 강정제 같은 거거든요."

"그렇다면 거기엔 호르몬 주사가 더 좋아요."

"에이, 사람 바보 취급하지 마시구요. 아니면 그 약, 둘 중 하나가 없으면 일이 안 된다니까요."

"술은, 절대 안 돼요."

"그렇죠? 나는요, 그 약 사용한 다음부턴, 술은 한 방울도 입에 대지 않았어요. 아주머니 덕분에 몸 상태가 아주 좋아졌어요. 저도 말이죠, 언제까지나 그런 냄새나는 만화 따위나 그리고 있을 생각은 없어요. 이제부터는 술을 끊고 몸을 추슬러서 공부도 하고, 꼭 훌륭한 화가가 될 거예요. 지금이 아주 중요한 시점이라구요. 그러니까, 네? 부탁해요. 키스해줄까요?"

아주머니는 웃음을 터트렸습니다.

"정말 곤란해요. 중독되어버릴지도 모른다니까."

딸깍딸깍 지팡이 소리를 내며 선반에서 약을 꺼냈습니다.

"한 상자 전부를 줄 수는 없어요. 금방 다 써버릴 테니 말이에요. 절반만 가져가세요."

"아유, 쩨쩨하게. 에이, 할 수 없지 뭐."

집에 돌아와서 곧바로 한 대 주사했습니다.

"아프지 않아요?"

요시코는 슬금슬금 눈치를 보면서 내게 물었습니다.

"그야 아프긴 아프지. 하지만 일에 능률을 올리기 위해선 아파도 이 약이 있어야 해. 나 요즘 아주 건강해 보이지 않아? 자, 일하자. 일, 일, 일."

난 떠들어댑니다.

아주 늦은 밤 약국 문을 두드린 적도 있습니다. 잠옷 차림으로, 딸깍딸깍 지팡이를 짚고 나온 아주머니에게 와락 달려들어 끌어안으며 키스를 하고, 우는 척했습니다.

아주머니는 말없이 내 손에 한 상자를 쥐어줬습니다.

약 또한 소주처럼, 아니 그 이상으로, 무섭도록 불결한 것이라고 진심으로 깨달았을 때에는, 이미 완전한 중독자가 되어 있었습니다. 정말이지 창피한 줄도 모르는 철면피였습니다. 나는 그 약을 손에 넣어야겠다는 일념으로, 다시 그 외설스러운 그림을 베끼기 시작하고, 그 약국에 있던 불구자 아주머니와 남들이 말하는 불륜 관계를 맺었습니다.

죽고 싶다. 당장에 죽고 싶다. 이젠 돌이킬 수 없다. 무슨 일을 어떻게 하건, 난 구렁텅이로 빠져들기만 한다. 수치에 수치를 더할 뿐이다. 자전거를 타고 초록 잎들이 소용돌이치는 곳을 구경하는 일 따위, 난 이제 감히 바랄 자격도 없다. 그저 추잡한 죄에 야비한 죄를 더하고 고뇌는 부풀고 더 강렬해질 뿐이다. 죽고 싶다. 죽어야 한다. 살아 있다는 것 자체가 죄의 씨다. 이런 생각으로 머릿속이 터질 것 같아도, 역시나 아파트와 약국 사이를 반미치광이가 되어 왔다 갔다 하기만 할 뿐이었습니다.

아무리 일을 해도, 투약량이 날로 늘어가니 약값으로 진 빚이 무서울 정도로 불어나고, 아주머니는 내 얼굴을 보면 두 눈에 눈물부터 매달고, 나도 그 앞에서 질질 눈물을 흘렸습니다.

지옥.

이 지옥에서 벗어나는 최후의 수단. 이게 실패하면 다음엔 목을 매다는 수밖에 없다고 신의 이름을 걸고 결심하고는, 고향에 계신 아버지 앞으로 장문의 편지를 썼습니다. 그 안에다 나의 실상을 전부(여자에 관한 일은 차마 쓸 수 없었지만) 고백하기로 한 겁니다.

하지만 결과는 내 예상보다 훨씬 더 나빴습니다. 좀 기다려보라든지, 그냥 그렇게 살라든지, 아무런 답장도 오지 않았습니다. 기다리는 동안의 초조와 불안 때문에 난 오히려 주사량을 늘려야 했습니다.

오늘 밤, 열 대 한꺼번에 주사하고 상류에 뛰어들자, 남몰래 결심한 그날 오후, 넙치가 악마의 육감을 발동한 듯 호리키를 앞세우고 나타났습니다.

"너 각혈을 했다며?"

호리키는 내 앞에 양반다리를 하고 앉아 이렇게 말하고는, 지금까지 한 번도 본 적이 없는 다정한 미소를 지었습니다. 그 다정한 미소가 고마워서, 기뻐서, 나는 끝내 고개를 돌리고 눈물을 흘렸습니다. 그리고 그의 그 다정한 미소 한 번에, 나는 완전히 무너져 이 세상에서, 매장당한 겁니다.

그들은 날 자동차에 태웠습니다. 어서 입원해야 한다. 뒷일은 우리에게 맡겨라. 넙치 또한 침착한 목소리로(정말 자비를 베푸는 목소리였다고 말하고 싶을 정도로 침착한 말투였습니다) 내게 권해, 나는 의지도, 판단도, 뭐도 없는 사람처럼 그저 훌쩍거리기만 하면서, 아무런 저항 없이 두 사람이 시키는 대로 따랐습니다. 요시코까지 네 사람, 우리는 오랜 시간 차 속에서 흔들리며, 주위가 어두컴컴해졌을 무렵 숲속에 자리 잡은 커다란 병원 현관 앞에 다다랐습니다.

결핵 요양소라고만 생각했습니다.

나는 기분 나쁘게 살살대는 젊은 의사의 정중한 진찰을 받았습니다.

"음, 얼마간 여기서 요양하셔야겠네요."

의사가 야릇한 미소를 지으며 말하니, 넙치와 호리키와

요시코는 나만 남겨두고 떠나야 했습니다. 요시코는 갈아입을 옷을 넣어둔 짐보따리를 내게 건네며, 말없이 오비 안에서 주사기와 쓰다 남은 그 약을 내주었습니다. 역시나 이 아이는 강정제라고만 생각하고 있던 걸까요.

"아니, 이제 이런 건 필요 없어."

있을 수 없는 일이었습니다. 다른 사람이 권하는 걸 거부하는 것은, 그때까지 살아온 내 인생에서 그 순간이 유일했다고 해도 과언이 아닙니다. 나의 불행은 거부할 능력이 없는 자의 불행이었습니다. 나는 남이 권하는데 거부하면 상대에게나 내게도 영원히 치유할 수 없는 틈이 생길 것 같은 공포에 떨었습니다. 하지만 그때 그렇게 반미치광이가 돼서 찾아다니던 모르핀을 너무나 자연스럽게 거부한 겁니다. 요시코의 그 '천사같은 무지'에 또 한 번 충격을 받은 걸까요. 나는 그 순간 이미 중독에서 벗어난 건 아닐까요.

하지만 나는 그 후 곧 그 야릇한 미소를 짓는 젊은 의사의 안내를 받아 어느 병동에 갇혔고 방문엔 찰칵, 열쇠가 채워졌습니다. 정신병원이었습니다.

여자가 없는 곳으로 가겠다는, 다이얼을 집어삼켰을 때 내가 한, 바보 같은 잠꼬대가 실로 묘하게 실현되었습니다. 그 병동에는 남자 광인들만 수용되어 있었고 간호사나 의사도 모두 남자였으니, 여자는 한 명도 없는 곳이었습니다.

이제 나는 죄인이 아니라 광인이 된 겁니다. 아니, 난 결코 돌거나 하진 않았습니다. 한순간도 미친 적은 없습니다. 하지만 아아, 광인은 대개 자신들이 미치지 않았다고 한다지요. 다시 말하면 이 병원에 수감된 자들은 미친 사람이고 들어오지 않은 자들은 정상이라는 말이 됩니다.

신께 묻습니다. 무저항은 죄인가요?

호리키의 이상할 만큼 다정한 미소에 나는 눈물을 흘리고, 판단도 저항도 하지 못한 채 자동차에 실려 이곳으로 끌려와서 광인의 신세가 됐습니다. 이제 여기서 나가더라도 나는 그래 봤자 광인, 아니 폐인으로 낙인찍히겠죠.

인간, 실격.

이제, 난, 완전히, 인간이, 아니게 됐습니다.

여기 들어온 것은 초여름경이었고, 철창 너머로 건물 앞 정원에 있는 작은 연못에 빨간 수련이 핀 것을 보았는데, 석 달이 지나 정원에 코스모스가 피기 시작하자, 생각지도 않게 고향의 큰형이 넙치를 대동하고 나를 데리고 가기 위해 찾아와, 아버지가 지난달 위궤양으로 돌아가셨다고, 자기들은 이제 내 과거를 묻지 않겠다고, 먹고살 걱정도 할 필요 없다고, 아무 일도 하지 않아도 좋으니 그 대신 미련이 남겠지만 도쿄를 떠나 시골에서 요양 생활을 하라고, 내가 도쿄에서 벌여놓은 일들의 뒷수습은 대충 시부타가 했을 테니 신경 쓰지 않아도 된다며, 늘 그랬듯이 심각하고 긴장한 듯한 목소리로 말했습니다.

그 순간 고향 산천이 눈앞에 스쳐 가면서 나는 조용히 고개를 끄덕였습니다.

틀림없는 폐인.

아버지가 돌아가셨다는 소식을 듣자, 난 완전히 얼이 빠져버렸습니다. 아버지가 이젠 없다. 내 가슴속에서 1초도 떨어지지 않았던, 그립고도 두려운 존재가 이젠 없다. 내 가슴속 고뇌로 가득 찼던 항아리가 텅 빈 것처럼 느껴졌습니다. 내 고뇌의 항아리가 그렇게도 무거웠던 것은 다 아버지 탓이 아니었을까 하는 생각조차 들었습니다. 맥이 풀려 푹 한숨이 흘러나왔습니다. 이젠 고뇌할 능력조차 상실했습니다.

큰형은 내게 한 약속을 정확히 지켰습니다. 내가 나고 자란 마을에서 기차를 타고 남쪽으로 네다섯 시간 가면, 일본의 여느 동북 지방과는 달리 따뜻한 바닷가에 온천이 있었는데, 그 마을에서 조금 떨어진 곳에 방이 다섯 개 정도 되고, 상당히 오래된 집인 듯 벽은 부서지고 기둥은 벌레가 먹어 거의 손을 못 댈 정도로 낡은 집을 한 채 사서 내게 주고, 환갑이 다 되어 머리 색깔이 온통 붉은, 못생긴 하녀를 한 명 붙여주었습니다.

그 후로 3년하고 조금 더 지났는데, 나는 그동안에 테쓰라는 하녀에게 몇 번이나 욕을 보았고 때로는 부부 싸움 같은 걸 하기도 하면서 지냈습니다. 몸 상태는 일진일퇴, 살이 빠졌다가 쪘다가, 각혈을 하기도 하고, 어제 테쓰에게 칼모

틴을 사 오라 시켜 동네 약국에 보냈더니, 늘 보던 상자와
는 다른 상자에 든 칼모틴을 사 왔길래, 별생각 없이 잠자
리에 눕기 전에 열 알을 먹었는데, 전혀 졸음이 오지 않아
이상하다고 생각하던 차에 갑자기 뱃속이 이상하게 뒤틀려
화장실에 뛰어 들어갔더니, 설사가 맹렬히 쏟아졌습니다.
게다가 설사는 그 뒤로도 세 번이나 연거푸 쏟아졌습니다.
너무 이상해서 상자를 자세히 들여다보니, 헤노모틴이라는
설사약이었습니다.

　나는 자리에 벌렁 드러누워 배 위에 더운 물주머니를 올
려놓고 테쓰에게 야단을 좀 쳐야지 생각했습니다.

　"이건 말이야, 잘 봐, 이건 칼모틴이 아니야. 헤노모틴이
라는 거야."

　말을 꺼내다 말고 우ㅎ흐흐 하고 웃어버렸습니다. '폐인'
은, 아무래도 이건 희극 명사인 모양입니다. 잠을 자려고 설
사약을 먹고 게다가 그 설사약 이름은 헤노모틴*.

　이제 내겐 행복도 불행도 없습니다.

　그저 모든 것은 스쳐 지나갑니다.

　내가 지금까지 그렇게 몸부림치며 살아왔던, 이른바 '인
간' 세상에서 단 하나 진리라고 생각한 것은, 바로 그것입

---

* 칼모틴과 헤노모틴의 공통된 글자 '틴'의 일본어 표기 'ちん(친, 친친)'은 은
  어로 남자아이의 성기를 뜻한다.

148

니다. 세상 모든 것은 스쳐 지나간다.

나는 올해 스물일곱이 됩니다. 흰머리가 눈에 띄게 늘어 사람들은 사십 줄 이상으로 봅니다.

후기

이 수기를 쓴 광인을 난 직접 알지는 못한다. 하지만 이 수기에 등장하는 교바시의 스탠드바 마담으로 보이는 인물과는 안면이 좀 있다. 왜소하고 낯빛이 좋지 않은, 눈이 가늘게 위로 째지고 콧대가 높은, 미인이라기보다는 미남이라고 하는 게 좋을 만한 다부져 보이는 사람이었다. 이 수기에는 대충 쇼와 5, 6, 7년* 정도의 도쿄 모습이 주로 묘사된 듯한데, 내가 친구를 따라 교바시에 있는 바에 두세 번 들러 하이볼을 마신 건 일본 '군부'가 활개 치기 시작한 쇼와 10년** 전후였으니 이 수기를 쓴 남자를 만나볼 수는 없었다.

하지만 올 2월, 나는 도쿄를 떠나 치바현 후나바시시로

---

* 1930, 1931, 1932년
** 1935년

이사 간 친구를 방문했다. 그 친구는 내 대학 동기로 지금은 어느 여대에서 강사로 일하는데, 사실 난 이 친구에게 내 친척의 혼담을 부탁해둔 건도 있고, 간 김에 가족들에게 모처럼 신선한 해산물이라도 사다 먹이자 싶어 배낭을 짊어지고 후나바시로 여행을 떠났다.

후나바시는 바다에 맞닿은 상당히 큰 도시였다. 이제 막 새로 터를 잡은 친구의 집은 그 고장 사람에게 주소를 보여주고 물어도 아는 사람이 없었다. 날도 추운 데다 배낭을 멘 어깨가 쑤셔서 나는 레코드판에서 흘러나오는 바이올린 소리에 이끌려 어느 찻집의 문을 열고 들어갔다.

그곳 마담이 어딘지 모르게 낯익어 물어보았더니 바로 그 10년 전 교바시 스탠드바의 마담이었다. 마담도 곧 나를 알아본 눈치여서 서로 놀라 웃다가, 그다음엔 이런 경우에 하게 마련인, 미국의 공습으로 모든 게 잿더미가 됐다는 서로의 경험담을 누가 먼저랄 것도 없이 자랑인 양 쏟아놓았다.

"마담은 그래도 변한 데가 없네요."

"아니, 이젠 할머니가 다 됐지. 몸도 말을 안 듣고 당신이야말로 아직도 젊으시네."

"에이 농담도. 애가 벌써 셋인데요. 오늘은 애들 주려고 먹을 걸 좀 사러 왔지요."

이러쿵저러쿵, 이 또한 오랜만에 만난 사람들 사이의 틀에 박힌 인사말을 나누고 나서 그 당시 두 사람 다 알고 지낸 다른 사람들의 소식을 얘기했다. 그러다가 갑자기 마담이 목소리를 바꾸더니, 당신 혹시 요우 아시나? 했다. 누군지 모르겠다고 했더니 안으로 들어가서 노트 세 권과 석 장의 사진을 들고 나와 내게 건네며 "어쩌면 소설의 소재가 될지도 몰라요" 했다. 나는 다른 사람에게 소개받은 소재로는 작품을 쓰지는 않는 성미였기 때문에 그 자리에서 바로 돌려줄까 했는데(석 장의 사진, 그 기묘함은 서문에 언급했다), 사진을 보는 순간 마음이 끌려 노트를 맡기로 하고, 돌아가는 길에 다시 들르겠고, 여대 강사의 집인데 여기 이 주소가 어디쯤인지 아냐고 물으니, 역시 타지에서 온 사람끼리라 그런지 알고 있었다. 가끔 이 찻집에도 들른다고. 위치도 멀지 않았다.

그날 밤 친구와 오랜만에 술잔을 기울이다가 그 집에서 하루 신세 지기로 하고 나는 아침까지 한숨도 자지 않고 밤새 그 노트를 읽었다.

수기에 언급된 건 옛날 이야기였지만, 요즘 사람들이 읽어도 틀림없이 흥미를 느낄 만했다. 어설프게 내 표현을 보태는 것보다 쓰인 그대로, 웬만한 출판사에 의뢰해 발표하는 게 훨씬 의미 있는 일이라 생각했다.

아이들에게 줄 그 고장 특산물은 말린 생선뿐이었다. 나는 짐을 꾸려 친구의 집에서 나와서 그 찻집에 들렀다. 그러고는 마담에게 "어젠 감사했습니다. 그런데……" 하고 좀 뜸을 들이다가, "이 노트 좀 잠시 빌릴 수 있을까요?" 했다.

"그러세요."

"이 사람은 아직 살아 있습니까?"

"글쎄요, 그건 나도 잘 모르겠네. 10년 정도 전에 교바시에 있던 가게로 그 노트와 사진이 든 소포가 배달됐으니, 보낸 사람은 요우가 틀림없을 텐데, 그 소포에는 보낸 사람의 주소도 없고 이름도 적혀 있지 않았거든요. 공습이 있을 때 다른 물건들이랑 뒤섞였는데 용케도 남아 있었지 뭐야. 나는 얼마 전에야 비로소 전부 읽었어요."

"울었나요?"

"아니, 울었다기보다…… 에이 안 돼요. 인간이 그리돼선 정말 안 되지요."

"그 뒤로 10년이나 지났으니 이제 죽었을지도 모르겠네요. 이건 마담에 대한 인사로 보낸 거겠지요. 약간 과장해서 쓴 듯한 장면도 있긴 하지만 마담도 그러고 보면 상당히 피해를 입은 모양인데, 이게 전부 사실이라면, 그리고 내가 이 사람의 친구였다면 나 역시 정신병원에 데리고 가려고 했을지도 몰라요."

"그 사람 아버지가 잘못이었어요."

마담은 담담하게 말했다.

"우리가 알고 있는 요우는 아주 정직하고 영리하고, 술만 그리 마시지 않았다면, 아니, 술을 마셔도, ……천사같이 착한 아이였지요."

다자이 오사무
《인간 실격》*

나쓰메 소세키 《마음》과 더불어 일본 근대문학의 양대 소설로 평가받는 작품으로 음울한 분위기와 어두운 그림자를 드리우는 다자이 오사무의 유작 《인간 실격》. 이 작품의 존재를 모르는 일본인은 찾아보기 어려울 정도로 출간된 지 70여 년이 지난 지금까지도 꾸준히 읽히는 작품이다.

이 작품의 어떤 점이 긴 세월 독자들을 사로잡는 것일까. 아마 이 소설의 진정한 매력이 아직까지도 밝혀지지 않아서일 것이다. 결론부터 말하자면, 이 소설은 지금까지 많이 회자되어온 작가의 '인간 기준에 미달되는 언행'을 고백한

---

* 일본의 문예평론가이자 다자이 오사무 연구자인 오쿠노 다케오奧野健男의 글이다. 일본의 출판사 신초샤에서 발행한 신초분코판 《인간 실격》에 작품 해설로 수록된 글 일부를 발췌 번역하여 싣는다. 이 글의 한국어판 저작권은 BC Agency를 통한 일본문예가협회와 정식 계약으로 ㈜문예출판사가 소유하므로 무단 전재 및 복제를 금한다.

소설이, 아니다.

공감과 오해를 낳은 비극

대체로 다자이 연구자들은 그의 작품을 인간적으로 공감하면서 풀어낸다. 다자이의 표현력이 인간의 정신세계를 묘사할 때 천재적이라 할 정도로 적확하기 때문이다. 또한 작가 스스로가 타락한 생을 답습해왔고 그것을 소재로 작품을 썼기 때문에 비평가들도 이 작품을 많은 동시대인의 정서를 대변한 너무나 인간적인 소설이라고 오해한 것이다. 그렇게 해석하면 사회에 적응하지 못한 그의 심경이 소설 곳곳에 묻어나는데 그에 감화된 독자들은 '나도 다자이와 똑같다'고 믿는다. 그러나 독자들이 과연 다자이와 같을까. 과연 다자이가 독자들이 생각하는 것처럼 폐인일까. 폐인이 이렇게 숭고한 소설을 쓸 수 있을까. 집필 능력을 차치하더라도 그 작품 속에 드러나는 인간적인, 인간에 대한 고뇌와 죽음이 일반인에게 가능한 일일까. 실은 이 대목에 상반되는 생각이 공존하기에 섣부른 공감은 독이다. 간단히 말해서, '나는 다자이'라고 동일시하는 사람들을 다자이 자신은 '몸서리치게 싫어할' 것이다. 주관적인 감상을 늘어놓기에 앞서 나는 이 소설의 '구성'에 주목하고 싶다. 이 소설에는 '나'로 명명된 '신원불명인'이 소설을 분석하는 서문과 후기가 있다. 소설을 수기 형식으로 끌고 가는 것은 '나*'로 호칭되는 일인칭 주인공으로, 첫 번째 수기 첫머리에서 다자이의 원고에는 '나私'로 한 번 썼던 것을 지우고 '나自分'로 다시 쓴 흔적이 있다. 다자이는 두 사람을 별개의 인물로 묘사하고 있어서 결국 이 소설은 주인공을 두 사람으로 설정하고 있다. 어째서 이와 같은 구성을 취했을까, 그렇다면 둘 중 어느 쪽이 다자이일까.

우선 대부분의 비평은 수기 속 일인칭 '나'를 다자이로 본다. 그것은 '나 자신'의 삶이 다자이의 약물의존과 자살 시도와 같은 사건들을 답습하고 있고 그 표현이 작가 경험에 바탕을 둔 듯 보이기 때문이다. 그렇게 작품을 읽으면 이 소설은 작가가 고뇌에 찬 나날을 보내던 끝에 결국 폐인이 된다는 자전이 된다. 그렇다면 다자이는 진정 폐인이었을까 하는 의문이 남을 수밖에 없다. 이 소설이 저자의 타락한 삶에 대한 회한과 독자들의 자비를 구하는 것이었다면 이는 의심할 바 없다. 그러나 굳이 서문과 후기를 덧붙여 독자들에게 이중 시점을 부여한 것을 봐도 수기 속의 '나'

---

* 일본어에서 私-와타시로 읽으며 '나'로 해석하는 단어와 自分-지분이라 읽으며 '나' 또는 '자신'으로 해석하는 단어가 있지만 독자 편의상 우리말로는 '나'로 옮겼다.

에 대한 공감만을 구한 소설이라고는 할 수 없다. 오히려 그러한 해석을 피하고자 주인공을 둘로 나누어 배치한 게 아닐까. 물론 폐인이 이런 소설을 쓸 수도 없을뿐더러 사람들의 평과는 달리 다자이는 지극히 정상적인 사람이 틀림 없다.

그럼 신원불명의 '나'로 호칭하는 쪽이 다자이일까. 그렇게 해석하면 이 소설은 약물중독으로 폐인이 된 인물을 동정하며 쓴 소설이 된다. 그렇게 보았을 때 드는 의문은 서문의 '나', 즉 요조에 대해 '어떠한 인상도 없는, 보기만 해도 불쾌한 인상의 남자'라는 표현과 후기에서 스탠드바의 마담이 말한 "천사같이 착한 아이였지요"라고 묘사한 인상이 모순된다. 사진과 수기로 보면 아무런 인상도 없는 지극히 일반적인, 그러면서도 약물중독에 빠진 가련한 인물에 대해 사실은 착한 아이였는데 참 딱하게 됐다는 의미가 부각된다. 그런데 소설의 90퍼센트 이상을 차지하는 '나'의 수기에는 남의 눈치를 보며 우스갯짓을 하는 나 자신(첫 번째 수기)과 그 심리(두 번째 수기)와 자신을 동정하고 받아주는 여성들에게만 자신의 참모습을 드러내는 운명(세 번째 수기)을 두고 수치스러운 생애를 보내왔다고 구술한다. 이것으로 수기 속 '나'가 말하듯 애초부터 수치스러운 사람인지, 객관적으로 분석한 '나'가 말하듯 아무런 인간미도 없는 인물인지, 마담이 말했듯 착한 아이가 인생을 망쳐버린 건지

이 소설엔 여전히 의문이 남는다.

수기 속의 '나'와 제삼자처럼 분석하는 '나' 둘 다 다자이가 아닐까 하는 생각도 가능하기 때문이다. '나'는 사회성을 경험해 냉철한 분석력을 갖춘 사람이며 수기 속 '나 자신'은 타고난, 원래의 자신으로 보는 관점이다. 아마도 대부분의 독자는 사회에 물들지 않은 '나'에 공감하며 독자라는 냉철한 시점에서 바라보고 읽는 '나'와 일치된 입장에서 두 가지 모두 작가 자신이라 해석하려고 할 것이다. 간단히 말해서 '한심한 자신을 분석한 소설'이라 할 수 있다. 태어났을 때부터 '나'는 나름 주장을 해보았지만 어찌해도 사회에 적응할 수가 없습니다, 나는 죽어야 합니다, 살아 있다 해도 폐인이며, '모든 것은 스쳐 지나갑니다'라는 흐름이 가장 수미상관을 이루는 해석으로 보인다. 그런데 이 해석에도 의문은 생긴다. 그것은 작품에서 치명적인 의문이며 마지막 부분 "신께 묻습니다. 무저항은 죄인가요?"라는 수기 속 '나'의 궁극적인 외침이다. 냉철한 '나'가 '인간, 실격'이라고 분석한다면 이야기는 풀리는데 여기서 타락한 '나'는 그렇다고 결론 내어버린다. 남들에게 폐인으로 낙인찍히고 스스로는 깨닫지 못했지만 '완전한 폐인'임을 선고한, 냉철한 '나'가 수기 속 '나'의 역할을 빼앗아버린 것이다. 전술한 "무저항은 죄인가요?"라는 문장의 의미는 '나름대로 최대한 노력(저항)했다고 생각한다. 남들이 말하는 대로 따르기도 (무저항)했다. 그래서 결과적으로는 폐인이 된 것은 어찌 해석해야 옳을까? 나의 무엇이, 나의 어디가 잘못된 걸까?' 라는 뜻이며 '한심한 자신을 분석하는' 것과는 거리가 먼, '강한 호소'이다. 그 대목을 '내가 잘못했습니다'라는 인정 으로는 받아들일 수 없다.

이와 같이 어떤 시점으로 읽어도 의문이 남고 어떤 문장 은 충분히 공감이 가지만 시간을 두고 보면 또 다른 문장으로 해석할 수도 있는, 바로 그 점이 이 작품의 깊이이자 매 력이고 그리하여 작품이 다자이 오사무의 생과도 같이 미 스터리로 남아 오늘날에 이르는 이유다.

두 번째 수기에서 '나'는 친구인 다케이치에게 고흐의 자 화상을 소개받고 '아아 이런 부류의 화가들은 인간이라는 괴물에게 상처 입고, 겁에 질린 끝에 환영을 믿게 되고 대 낮에 자연 속에서 요괴를 본 것이다, 그들은 그것을 우스 갯짓으로 속이지 않고 본 대로 표현하려 노력한 것이다'라 고 생각하며 자신도 그러려고 하나 사람들은 그들이 원하 는 세속적인 것만 이해하려 들기 때문에 결국 먹고살기 위 해 여자의 벗은 몸을 만화로 그리고, 애써 사회에 끼어보려 애쓰다 몸을 망치고 폐인이 되어갔다. 그런 비슷한 사람들 을 보며 '현대인의 어리석음'을 점잖게 비유한 것이다. 지하 철역에 설치된 편의시설이나 먹고살기 위해 일한다고 말은 하면서도 실제로는 돈에 종속되어 일하는 사람들도 마찬가지 부류로 보았다. 이 세상은 참 희한하다고 입으로는 말하면서도 그럭저럭 살아나갈 수 있는 일반인들과 그것이 불가능한 사회부적응자라 여기는, 할 일이 없어 마르크스주의 따위에 경도되는 혁명주의자들이 자연 소멸된 만큼 미래의 자칭 지식인층, 사회인들을 흉내 내서 우스갯짓으로 생활하는 사람들에 대해 당신들 역시 인간이 아니라고 다자이는 말하고 있다.

이제 나는 죄인이 아니라 광인이 된 겁니다. 아니, 난 결코 돌거나 하진 않았습니다. 한순간도 미친 적은 없습니다. 하지만 아아, 광인은 대개 자신들이 미치지 않았다고 한다지요. 다시 말하면 이 병원에 수감된 자들은 미친 사람이고 들어오지 않은 자들은 정상이라는 말이 됩니다.

이 문장에서 '나'는 세상 사람들에게 광인으로 낙인찍히고 취급당하고 있고 실제로는 그렇지 않다는 것을 강조한다. 독자들은 작가의 표현을 오해하여 자신을 정상이라고 생각하는 자들은 광인이라고 해석할 수도 있지만 다자이 본인은 지극히 정상적인 사람이었기 때문에 역시 전자가 바른 해석이다. 여기서 재미있는 것은 사회인들은 다자이를 광인으로 취급하고 우리들이야말로 정상적인 사람이라고 생각하는데 그런 이분법적인 프레임은 과연 옳은 것일까. 독자들 주위에도 사회에 속하지 못하는 사람들을 '이상한 사람'으로 보는 시선들이 있지 않은가. 그렇다면 그 어느 쪽이 '인간미'를 갖고 있는 걸까. 소설 속에는 이런 대목도 있다. "세상 사람들에게 떳떳하지 못한 자라고 손가락질받는 사람과 만나면 나는 진심으로 정이 갑니다." 후기 끄트머리에 마담이 묘사한 '천사같이 착한 아이'와도 통하는 대목이다. 그다음 마담은 갑자기 "그 사람 아버지가 잘못이었어요"라는 말을 하는데 그런 말을 들을 만한 요조 부친의 행위가 소설에는 묘사되지 않기 때문에 부친 세대에서 세상을 이렇게 바꾸어버린 데 문제 제기를 한다고 해석할 수있다.

이렇듯 이 작품은 기득권층과 서민층을 아울러 지배계층과 일반 사람들 사이에 어떠한 타협도 없이 격변해간 국가 제도에 경종을 울리는 작품이며 작가는 《인간 실격》뿐만 아니라 《사양》에서도 똑같이 사회 비판을 전개한다. 새롭게 다가선 노동 사회에서 남들이 일방적으로 결정해버린 삶의 방식이 이제까지 살아온 방식을 매도하고, 사회가 강요하는 방식에서 벗어난 삶은 인정받지 못해 우스갯짓을 해야만 겨우 연명할 수 있는 현대인의 처지를 다자이는 목숨 걸고 비판한다.

과연 인간 실격은 누구인가. 그것은 누가 결정하는가. 다자이는 뜻대로 살다 뜻한 바대로 죽었다. 이를 사람들은 광인의 처사라 말한다. 정신병원까지 사회시스템으로 꽉 짜인 현대사회의 문제를 70여 년 전에 꿰뚫은 소설. 다자이 오사무는 말한다, 이런 세상을 살아나갈 수 있는 사람들이 '인간 실격'이다. 그러니 'good-bye'라고……

오쿠노 다케오

《인간 실격》은 출간 후 70여 년이 지난 지금까지도 꾸준
히 읽히며 회자되는 다자이 오사무의 유작이다. 이 작품은
1948년 잡지 《텐보展望》에 3부작으로 연재되었다가 단편집
《굿바이グッド・バイ》와 함께 출간되었다. 그러나 다자이는
연재 완결 한 달 후 다마강 상류에 몸을 던져 사망, 그의 작
품에서처럼 수차례의 자살 시도 끝에 결국 생에 종지부를
찍었다. 향년 39세.

이 작품은 자신이 누구인지 밝히지 않은 인물이 쓴 서문
과 후기, '요조'라는 인물이 일인칭으로 구술하는 세 편의
수기로 나뉜다. 즉, 처음 등장하는 '나'와 작품의 중심을 차
지하는 수기 속 '나', 이렇게 주인공이 둘이라 볼 수 있다.

첫 번째 수기는 '나'의 유년 시절과 집안 환경, 두 번째 수
기는 부쩍 성장한 청년 시절의 '나'의 모습과 사회 적응에
실패하고 방황하다 약에 탐닉하는 혼란한 모습, 세 번째 수

기는 그 혼란과 정서적 방황을 끊지 못한 채 결혼과 충격적인 사건을 겪은 뒤 약물중독으로 완전히 폐인이 되고 마는 말기를 그렸다. 그리고 처음 글을 열었던 화자 '나'가 다시 등장하여 수기 속 주인공을 객관적으로 묘사하는 후기가 이어진다. 다자이가 《인간 실격》을 순수 자전소설로 쓰면서 자신의 정신적 방황과 고뇌에 대한 고백만을 의도했다면 굳이 두 사람의 '나'를 배치할 필요도 없었으며 그의 사후 사람들의 왈가왈부를 전혀 의식하지 않았으면 객관적 '나'와 '마담'의 대화가 필요하지도 않았다. 그의 자살 시도는 처음이 아니었고 작품을 쓰면서 이미 자살을 염두에 두고 있었다. '인간 실격'이라고 자신을 고백하면서도 자신이 사실은 어떤 사람이었는지와 보이는 모습이 다가 아님을 또 하나의 자기 목소리로 남기고자 함이 아니었을까 조심스레 생각해본다.

이 작품에서 역자로서 놓치고 싶지 않은 부분은 구성과 더불어 표현이다. 인물과 사건, 흐름을 어떠한 감정 개입 없이, 철저히 객관적으로 설명하는 부분과 이성과 자제라고는 찾아볼 수 없는 수기 속 내용은 확연히 대조되며 당시의 대혼란과 냉혹한 사회, 그 소용돌이에 휩쓸렸을 사람들의 심리를 대변하며 강조하고 있다. 이와 같은 대조 기법은 소설 전반을 흐르는 그의 표현에서도 적용된다. 우리말로 번역하기 매우 낯설고 어려웠던 초장문(마침표 없이 대여섯 문장이 이어짐)의 표현 역시 작가가 인물의 혼란스럽고 정리되지 않는 정서와 당시 상황, 관계에 대한 몰이해를 간접적으로 강조하며 읽는 이들 또한 불안정한 분위기 속에서 작품에 몰입하도록 유도하는 천재적인 표현법이 아니었나 짐작한다. 이에 반해 그가 정작 자신을 '인간, 실격'이라고 딱 떨어지는 말로 표현한 것은 쉼 없이 달려오던 술회(일생의 혼란) 끝에 심장마비와도 같이 딱 끊기는 표현으로 더 이상의 묘사 없이 현재 자신의 처지를 단답으로 특정한, 문장의 장단을 기막히게 구사하며 독자들의 숨통을 조였다 풀었다 하는 전략이었다고 본다. 읽으면서 이렇게 묘한 기분이 들었던 작품은 또 없지 싶다.

작품 속 주인공의 일생을 지배한 혼란과 불안정성, 여인들과의 동반 자살을 수차례 시도하는 이상행동을 조금이나마 이해하려면 당시 시대적 배경을 알아두는 것도 도움이 된다(그러지 않으면 단순히 나약한 지식인의 한탄, 사회부적응자의 변명이나 넋두리로 폄하될 수도 있다).

수기 속 주인공 요조는 대지주인 아버지가 일군 대가족 중 막내로 태어나 경제적 어려움은 없었을지언정 행동이 부자유스럽고 소극적인 성격에 제대로 된 발언 한번 하지 못하고 눈치 보며 자란다. 요조는 이후 도쿄에서 홀로 학교에 다니며 성장기를 보낸다. 당시는 사회적으로 민주주의가 정착되지 않았고, 마르크스주의가 지식인들 사이에서 떠돌았으며, 일본이 2차 세계대전에서 패배하여 영주(귀족) 들은 재산을 몰수당하고 경제공황이 찾아와 대혼란이 빚어진 시기다.

주인공은 기득권층 아버지 밑에서 경제적으로 독립하지 못하고 지원을 받으며 살아오다 그의 실망스러운 행동들 (학업 불이행, 여자 문제와 자살 기도 등)로 지원이 끊기는데 여기서 비롯된 경제적 압박은 요조의 심리적 불안을 가중시킨다. 그 일로 요조는 불안을 회피하고자 그를 동정하는 여자들의 치마폭으로 숨어들고 술과 마약에 빠진다. 수기 속의 '나'는 철저하게 동시대인들을 외면하고 '주의'와 '국가'만을 우선시한 시대 조류의 희생양이 된 대중을 대변하기도 하여 작품 안에서 해방구를 찾지 못하고 점점 더 늪으로 빠져들게 되는, 비참한 말로를 맞는 것으로 설정된다. 요조에게는 자신의 상황을 받아들이고 타협하려는 시도를 찾아볼 수 없으나 다자이는 그의 작품 활동을 보면 알 수 있듯 요조와는 동일시할 수 없는 사람이었다. 여기서 많은 독자가 요조를 다자이로 해석하고 열혈독자들은 심지어 다자이와 자신을 동일시하기도 하지만, 다자이 오사무는 작가로서 자신이 경험한 시대상과 고뇌하는 젊은이들을 작품 속에 표현하여 사회를 고발하고 비판하고자 했을 뿐이다.

다자이가 자기 환멸 습성을 버리지 못하고 작중 인물 속에 자신을 투영했다면 차라리《사양》의 우에하라가 더 적합한 인물이라 하겠다.

그렇다면 작가가《인간 실격》을 집필한 의도는 무엇일까. 혼란한 사회에 대한 고발이었을까, 시대에 조화하지 못하고 방황하는 젊은이의 고뇌였을까. 작품 구석구석에 수기 속 주인공 요조의 외침이 나온다. 진실, 순수, 믿음, 무저항……

그러나 수기의 주인공 요조가 평생에 걸쳐 갈구한 '인간의 순수성'은 순진무구한 눈빛과 행동에 반해 언감생심 천벌을 감수하고 결혼한 어린 신부의 겁탈을 목격하고 처참하게 무너진다. 술로라도 위로받고 약으로라도 도망치고 싶었던, '순수'를 추구하던 요조는 무너진 자신의 믿음, 희망과도 같던 가치를 부정당하고 외친다.

"신뢰는 죄인가요."

"순진한 신뢰는 죄의 원천인가요."

"무저항은 죄인가요?"

폐인. 이것은 희극 명사. 그저 힘없는 무저항의 실웃음이 흐르는 단어다. 혼란과 악다구니와 거짓이 판치는 세상에서 순수를 희구하던 요조는 그런 자신을 폐인, 인간이 되기에는 실격인 자로 규정했다.

이 작품이 현대에도 회자되고 되읽히는 이유는 시대를

불문하고 불화하는 상황이 있으며 그럼에도 인간에게는 가치 있게 여기고 희망으로 믿는 것이 있기 때문이다.

'순수'와 '믿음', 그것은 깨지고 부서지며 무시당하면서도 품고 있었던 작가의 깊은 내면에 타오르는 불꽃이었으리라 생각한다.

1909년

6월 19일, 아오모리현 쓰가루에서 대지주이며 사업가, 정치가인 아버지 쓰시마 겐에몬과 어머니 다네의 열째로 태어남. 본명은 쓰시마 슈지津島修治.

1916년 (7세)

가나기초 제1소학교에 입학 후 성적이 우수해 수재로 알려짐.

1923년 (14세)

아버지가 폐암으로 사망. 아오모리 중학교에 입학해 친척 집에서 하숙하며 숙모의 돌봄을 받음. 장난기가 많아 반에서 인기를 얻음.

1927년 (18세)

중학교 졸업 후 관립 히로마에 고등학교에 우수한 성적으로 입학함.

1929년 (20세)

학업 성적은 부진한 가운데 신문에 소설과 소품을 발표함. 12월 졸업 시험을 앞두고 칼모틴 다량 복용으로 첫 자살 시도.

1930년 (21세)

도쿄제국대학교 불문과에 입학. 작가 이부세 마스지를 찾아가 사사. 잠시 좌익운동에 가담했으나 이후 문학 수업에 전념. 교제하던 게이샤 오야마 하쓰요와 결혼을 하려다 본가에서 의절당함. 긴자의 술집 종업원 다나베 시메코와 가마쿠라 바다에서 동반 자살 시도. 시메코는 사망하고 혼자 살아남아 자살 방조로 기소유예 처분을 받음. 하쓰요와 약식으로 결혼함.

1933년 (24세)

졸업하지 못하고 유급당함. 다자이 오사무라는 필명으로 〈열차 列車〉 발표.

1935년 (26세)

2월 잡지 《문예文藝》에 소설 〈역행逆行〉 발표. 신문사에 입사 지원하나 대학 졸업이 불가하여 탈락. 가마쿠라산에서 자살 시도하나 미수에 그침. 급성 맹장 수술 후 복막염 치료를 위해 사용한 마약성 진통제에 중독됨. 〈역행〉이 제1회 아쿠타가와상 후보작에 올랐으나 차석에 그침. 학비 미납으로 도쿄제국대학교에서 제적.

1936년 (27세)

첫 소설집《만년晚年》출간. 약물중독이 심해져 병원에 입원했다가 예상치 못하게 정신병원에 수용되어 심적으로 큰 충격을 받음.

1937년 (28세)

아내 하쓰요의 간통을 알게 되어 미나카미 온천에서 동반 자살을 시도하나 미수에 그침.

1939년 (30세)

스승 이부세 마스지의 소개로 만난 이시하라 미치코와 정식으로 결혼식을 올림. 정신적 안정을 찾으며 집필 활동에 전념함. 단편 〈여학생女生徒〉과 〈후지산 백경富嶽百景〉을 집필하고 소설집《사랑과 아름다움에 대하여愛と美について》,《여학생》을 출간함.

1940년 (31세)

〈달려라 메로스走れメロス〉, 〈직소直訴〉, 〈여자의 결투女の決鬪〉 등을 발표. 〈여학생〉으로 기타무라 도고쿠상을 수상함.

1942년 (33세)

어머니 사망. 《정의와 미소正義と微笑》 발표.

1945년 (36세)

4월 공습이 심해져 처가로 피난했다가 본가에서 8월 15일 종전을 맞이함. 〈석별惜別〉 등의 작품을 집필해 발표.

1946년 (37세)

패전 후 몰락한 귀족의 비극과 허무를 그린 소설 《사양斜陽》을 구상. 희곡 〈겨울의 불꽃놀이冬の花火〉 등을 발표함.

1947년 (38세)

작가 오타 시즈코를 찾아가 함께 지내며 그녀의 일기를 빌려 읽고 《사양》에 반영함. 11월 《사양》을 발표함.

1948년 (39세)

결핵을 앓음. 연인 야마자키 도미에의 간병을 받으며 《인간 실격》을 집필. 5월 《인간 실격》을 완성하고 〈아사히 신문〉에 《굿바이グッド・バイ》 연재를 시작함. 6월 13일 야마자키 도미에와 다마강 수원지에 투신해 동반 자살함. 서른아홉 생일인 6월 19일 아침 시신이 발견됨. 《인간 실격》과 《앵두櫻桃》가 사후 출간됨.

옮긴이 오유리

성신여자대학교 일문과를 졸업하고 롯데 캐논, 삼성경제연구소에 재직하는 동안 번역 업무에 종사했다. 현재는 전문 번역가로 활동하고 있다. 옮긴 책으로는 나쓰메 소세키의 《마음》, 《도련님》, 다자이 오사무의 《사양》, 소노 아야코의 《알아주든 말든》, 《나다운 일상을 산다》, 《긍정적으로 사는 즐거움》, 이사카 고타로의 《그래스호퍼》, 산문집 《그것도 괜찮겠네》, 시게마쓰 기요시의 《소년, 세상을 만나다》, 《안녕, 기요시코》, 요시다 슈이치의 《일요일들》, 《워터》, 츠지무라 미즈키의 《달의 뒷면은 비밀에 부쳐》, 아라키 겐지의 《촌마게 푸딩》, 하야미네 가오루의 《괴짜탐정의 사건노트》(12권), 후지타 요시나가의 《텐텐》 등 다수가 있다.

인간 실격

1판 1쇄 발행 2022년 8월 31일
1판 3쇄 발행 2024년 7월 20일

지은이 다자이 오사무 | 옮긴이 오유리
펴낸곳 (주)문예출판사 | 펴낸이 전준배
편집 이효미 백수미 박해민
영업·마케팅 하지승 | 경영관리 강단아 김영순

출판등록 2004. 02. 11. 제 2013-000357호 (1966. 12. 2. 제 1-134호)
주소 04001 서울시 마포구 월드컵북로 21
전화 393-5681 | 팩스 393-5685
홈페이지 www.moonye.com | 블로그 blog.naver.com/imoonye
페이스북 www.facebook.com/moonyepublishing | 이메일 info@moonye.com

ISBN 978-89-310-2285-8 04800
ISBN 978-89-310-2269-8 (세트)

◦ 잘못 만든 책은 구입하신 서점에서 바꿔드립니다.

❀ 문예출판사® 상표등록 제 40-0833187호, 제 41-0200044호